ひのき能楽ライブラリー

謡曲を読む愉しみ

花のほかには松ばかり

HINOKI
Nohgaku Library

山村　修
Osamu Yamamura

檜書店

謡曲を読む愉しみ　目次

I　謡曲を読むということ　9

II
阿漕　禁を犯すことへの危うい欲望　33
安宅　緊迫の大波や小波をうねらせる作劇術　39
敦盛　怨恨が駆けめぐる一瞬のクライマックス　45
井筒　精妙に普遍化された恋の心情　51
善知鳥　小世界と小世界との哀しい衝突　57
大原御幸　この世から彼岸へのグラデーション　63
花月　言葉遊びに興じるトリックスター　69
通小町　情欲という人間の本源の一つに迫る　75
砧　「風狂じたる心地」のひめやかさ　81
絃上　中世びとの音感の繊細なたのしさ　87
恋重荷　恋した男も恋された女も陥る邪淫地獄　93
三笑　悠々閑々たる大笑いが湧きおこる　99
自然居士　智恵と勇気で少女を救う青年僧の恰好よさ　105

蟬丸　孤立者同士のはかない出会いと別れ　111
草子洗小町　プロットの巧みな「喜劇」の傑作　117
忠度　桜のもとにただよう菌臭とは何か　123
道成寺　桜と松を背景に予断を許さぬ劇がはじまる　129
融　月光の冴えわたる記憶の遊園地　135
鵜　死をはらむ暗黒の沖へ漕いで行く　141
松風　海辺に立つ松に狂う月夜の官能　147
通盛　コンポジションの視覚的な効果　153
求塚　この少女がなぜ地獄に堕ちるのか　159
山姥　世阿弥のつくった中世ふう妖精物語　165
夕顔　現世をあの世にかえる言葉の精緻　171
夜討曽我　静けさから急転直下、息をのむ劇の仕組み　177

あとがき　184

I

謡曲を読むということ

夢野久作と謡曲と

小説『ドグラ・マグラ』などで知られる夢野久作は、作家でありつつ、地元の福岡では杉山萠圓の名で「喜多流謡曲教授」の看板をかかげた能楽師でもありました。なかなかの実力があったようです。

能楽評論家の坂元雪鳥に、明治四十一年から昭和十三年までの能評を集成した『坂元雪鳥能評全集』上下（畝傍書房　昭和十八年、復刊・豊島書房　昭和四十七年）という大著があります。その本をしらべてみますと、昭和五年七月、福岡での演能会で「放下僧」という曲を演じた杉山萠圓こと夢野久作について、「この禅味たつぷりの曲は同氏に打つて付けた適り役で、立派な出来栄であつた」とほめていました。

坂元雪鳥は夢野久作とは親交がありましたが、当代の能界きっての目利きで、辛口の批評で知られた人物でしたから、ここであながちお世辞を書いているわけでもないでしょう。

それはともあれ、夢野久作は喜多流能楽師として活躍するかたわら、能についての文章もたくさん書きました。

とくに連作エッセイ集「謡曲黒白談」（葦書房版「夢野久作著作集」第四巻所収）は、この作家一流の諧謔とユーモアが躍如としていて、能をめぐる作家や文芸評論家たちの文章中、私は第一等級のものと信じ、愛読してやまないのですけれど、いつもある個所に差しかかると、しばし目をとどめてしまいます。

「謡曲嫌いの事」と題した文章の一節です。文章の大意は、世の中には謡曲ぎらいと称する者が多く、はなはだしきは謡曲亡国論まで唱えている。こんな連中が幅をきかしているのだから、われら愛好家はもはや人間界ではなく、深山幽谷に去って哀猿悲鳥とともに吟ずるか、あるいは環海の孤島に退いて狂瀾怒濤に向かって号叫するしかなかろう。

思えば自分もとんでもない道楽をはじめたものだ――というもので、作家のサービス精神の横溢する戯文体で書かれた一篇です。読んでいて目がとどまるのは、謡曲ぎらいがいう「解かりませんから」という理由に対し、それも無理なかろうとしたうえで、作家が次のように書いている部分です。「謡曲の中でも比較的芝居がゝりに出来て居る鉢の木、安宅等ですら、処々《しよしよ》（略）要領の得悪《えにく》い文句が挿まつて居て、（略）まして其他の曲に到つては全部雑巾の様に古びた黒い寄せ文句で出来上つて居るのだから、局外者が聞いて訳が解かり兼ねて面白くないのも尤もな事と思われる」

謡曲が「雑巾の様に古びた黒い寄せ文句」で出来上がっている（!）。私ははじめ、ここで絶倒しました。むかしから謡曲の詞章は、その美文調をしばしば「つづれ錦」と呼ばれています。これも批判的なことばです。

たしかに謡曲はその多くが平家物語や源氏物語や伊勢物語などを典拠とし、和歌からも漢詩からも仏教用語からもおびただしい語句をとってちりばめ、ときに華麗、ときに雄勁な和漢混淆文をなしています。その美辞のパッチワーク式のつながりが、「つづれ錦」とからかわれたのです。

しかしその「つづれ錦」が夢野久作の諧謔の手にかかると「雑巾」です。むろん久作自身は明け暮れ稽古に打ちこむほど謡曲が好きでたまらなかった人ですし、「雑巾」も戯文のなかの逆説的ないいまわしともいえましょうが、百パーセントの逆説でもなかったと私は思います。

謡曲は「読む」ものか

うかつなことに、いまさらながら、私は気づいたのです。夢野久作はおそらく謡曲を「読む」ということをしなかった。夢野久作のみならず、おおよその能楽師たちにとって、謡曲は私たちがふつうにいう意味での「読む」ものとはならないのではないか——。

そもそも謡曲は読まれるために書かれたものではありませんでした。あくまでもリズムとメロディーとをともなって謡われるためにありました。能舞台では、その謡《うたい》はさらにシテやワキや地謡などパートごとに分担され、それに囃子方（笛、小鼓、大鼓、太鼓）の演奏も加わり、シテは舞い、狂言方による間《あい》狂言もあって、綜合的な演劇形式となります。

つまり謡曲のテクスト、すなわち謡本《うたいぼん》は、あくまでも能の台本でした。その台本を舞や謡によっていかに身体化し、演技してみせるか。プロの能楽師にとって、それがなによりも芸の見せどころ、聴かせどころでしょうし、享受する側にとっても、その達成度が高ければ、感銘をよりふかくするわけです。

しかし能楽師のことはべつとして、一般的にいって、謡曲は私たちがふつうに本を「読む」という意味で、読まれないのでしょうか。

読まれていました。ここに幸田露伴が「中央公論」（明治三十九年六月号）のアンケートに回答した「夏期学生の読物」という文章を引いてみます。露伴はまず『俳諧七部集』をあげ、次に「狂言、謡曲」をあげて、簡単にこう答えています。

狂言、謡曲

一は其のノンキ千万なるところ、一は其の品位あるところ、悦ぶべし愛すべし。

学生たちの読む本としてすすめるほどですから、当時の読書人に、多かれ少なかれ、狂言や謡曲を古典文芸として、すなわちあたりまえの読書対象として読んでいた人たちはいたと考えてよいのではないでしょうか。

また、あとでふれる平川祐弘『謡曲の詩と西洋の詩』にも引かれているのですが、夏目漱石の小説『行人』（初出・大正元—二年）に、父と来客たちとが謡う「景清《かげきよ》」を家の者たちがそろって聴くシーンがあり、そこに漱石が謡曲を「読む」テクスト、つまり文芸としても考えていたことをうかがわせる一節が書かれています。

（略）兄が、急に赭顔《あからがほ》の客に向つて、「さすがに我も平家なり物語り申してとか、始めてとかいふ句がありましたが、あのさすがに我も平家なりといふ言葉が大変面白う御座ゐました」と云つた。（略）けれども不幸にして彼の批評は謡の上手下手でなくつて、文章の巧拙に属する話だから、相手には殆ど手応《てごたへ》がなかつた。

「景清」は、かつて悪七兵衛景清と呼ばれ、勇名をはせた武将でありながら、いまは落ちぶれ、みずから両目をえぐって日向の宮崎で貧しく平家語りをして暮らす主人公に、はるか鎌倉から娘の人丸が訪ねてきて再会を果たす——という内容の曲で、その運命のすさまじいまでの悲劇性においては「大原御幸」などと並んで謡曲中随一のものかもしれません。

右の引用文で「兄」のことばにある「さすがに我も平家なり」云々というのは、いったんは知らぬふりをして娘を追い返した景清が、里人《さとびと》の取りなしでいよいよ再会のクライマックスを迎えようとする部分にある詞章で、謡曲本文からすこしだけ引いてみます。

景清　目こそ闇《くら》けれど
地謡　目こそ闇けれども（略）山は松風　すは雪よ　見ぬ花のさむる夢の惜しさよ（略）さすがに我も平家なり　物語始めて　御慰みを申さん

肉眼にこそ見えずとも、山には松風が吹くよ、そら雪がふるよ、花が散るよ、見えない花が夢では見えるよ。覚めれば見えなくなる夢が惜しい。などといったところで私も盲目の平家語り。ともあれ物語りをはじめてお慰みしよう……。

漱石に共感するなどと書けばおこがましいことになりますが、ここは私なども胸を高潮させるところです。こういう詞章に接すると、謡曲を「つづれ錦」などといって軽んずることの無意味さを思わざるをえません。

さて右の『行人』の一節で、「兄」の問題にしているのは「文章の巧拙」で、客にとっては「謡の上手下手」こそ問題なのですから、たがいに話が行きちがって当然でしょう。大ざっぱにいって、その「文章の巧拙」を感受するのが、謡曲の詞章を「読む」テクストと考える立場に通じ、それよりも「謡の上手下手」を第一とするのが、詞章をあくまでも能の台本と見る立場に通じるのではないでしょうか。

そしてむかしもいまも、謡曲について語る知識人たちはたいていそのどちらかの立場をとって、たがいに——表立って論争まではしなくとも——対立しているのです。

知識人たちの対立

たとえば野上豊一郎です。近代の能楽研究の先駆をなした人ですが、同時に「見る」派の先駆でもあって、著書『能　研究と発見』(岩波書店　昭和五年)などでも、なにより能舞台を「見る」べきことを訴え、謡曲は「能の歌詞に過ぎない」、つまり「読む」ものではないと書いています。

そして戸川秋骨です。この人も「謡曲は読むものでなく、演じられたのを見るものである」(『能楽鑑賞』謡曲界発行所　昭和十二年)と主張していました。

さらに福原麟太郎です。謡曲を「読む戯曲」(レーゼ・ドラマ)としては認めつつも、「見る」ことをいっそう力づよく、ある意味で美しく訴えた人といえるのではないでしょうか。その著書『藝は長し』(沖積舎　昭和六十二年)の一文「謡曲の翻訳について」から引いてみます。

つい昨日の朝も、観世流の人が、ラヂオで「紅葉狩」を謡ってきかせましたが、会話、合唱、詠嘆、叙述、といふ風に、その部分の性質に従つて謡ひ方が違ひ、リズムとテムポが様々で、いよいよ、クライマックスに達しますと、恐ろしい勢で、力の渦巻がおこり、その間に、ふと静寂な一とときがあつたりして、その流動し、変化してゆく様子は、なかなか面白いものでした。（略）

それを能で見ますと、能役者の肉体が視覚に示しますので、尚更「動くもの」の力を一層強く感じ、動き流れ乱れ整ふものの美しさを、私どもは感得して、謡曲は、要するに、テクストに過ぎないことを深く知るやうになるのです。

右にあげた三人はいずれも英文学者で、むろんそれは偶然でしょうが、この方々がシェイクスピアを「読む」ことには抵抗がなかったのかどうか、気になるところです。

さて対極に立っているのが、たとえば平川祐弘です。著書『謡曲の詩と西洋の詩』（朝日選書昭和五十年）などでは、謡曲の文芸的価値をするどく説いていますし、また「文學界」（平成十六年八月号）に寄せた一文「きぬぎぬの別れ」にも、「謡曲に文学としての関心を示す人はいたって少ない」と書き、その魅力をあらためて喚起していました。

また田代慶一郎がいます。書名もずばり『謡曲を読む』（朝日選書　昭和六十二年）という本は、「見る能」から「読む能」を独立させて研究することを試みた一冊でした。その精緻な読みかたから、私はたくさんのことを教えられました。

そして宗左近がいます。この詩人が、著書『芸術家まんだら』(読売選書 昭和五十年)のなかで世阿弥の「融《とおる》」を引用し、批評した文章からワンセンテンスだけ次にかかげます。

その文を、右に引いてある福原麟太郎の文章のとくに二段目とくらべてみてください。


ここに引き移したこの一連の文章を目で辿っていると、次第にリズムにのってきて、こころの動きがただちに筋肉にさそいかけて、なにかしら踊りに似たものを舞いたくなってくるのではなかろうか。


動く。流れる。乱れる。整う。そうした「動くもの」は、「テクスト」などからではなく、能の舞台を見ることではじめて感得できると、福原麟太郎は書きました。

宗左近は、まさにその「テクスト」を目でたどるうちに、ことばのリズムの波が「こころの動き」となって、筋肉に踊りのようなものまで誘発すると書いています。

おなじような心身の昂揚を、福原麟太郎は「舞台」から、宗左近は「文章」から享受しているのは、私にはすこぶるおもしろく感じられました。

私自身は、能を見に行くことを人生の愉しみと思っていますし、謡も観世流の阿部信之師について習いそめています。しかしもちろん謡曲を読むことも大好きです。

謡曲に魅入られて

たとえば「松虫」という作者不詳の曲があります。私がことのほか好きな作品の一つです。

ストーリーは静々《しずしず》としたもので、劇的なところはまったくありません。摂津の国の阿倍野に、市に出て酒を売る男（ワキ）がいます。頃は秋、いつもその男の店に来ては酒をのんで帰る若者（シテ）が何やらいわくありげで、不審に思った男が酒をすすめつつ、さまざま語りかけます。ともに酒を楽しむうち、ふと若者の口にした「松虫の音に友をしのぶ」ということばに耳をとめ、男がいわれを尋ねると、若者はひとつの物語を語ってきかせ、去って行きます。

ここまでが前場《まえば》すなわち前半ですが、その若者がのこしていった物語こそ一曲の核心です。謡曲本文から引いてみます。シテの若者の詞章です。

むかしこの阿倍野の松原を　ある人二人《ふたり》連れて通りしに
折節《をりふし》松虫の声おもしろく聞えしかば
一人《いちにん》の友人《ともびと》　彼の虫の音を慕ひ行きしに
今一人の友人　やや久しく待てども帰らざりし程に

心もとなく思ひ尋ね行き見れば
彼の者草露《さうろ》に臥して空しくなる
死なば一所《いっしょ》とこそ思ひしに
こはそも何と云ひたる事ぞとて
泣き悲しめどかひぞなき

若者の去ったあと、その物語は間狂言でさらにくわしく語られ、草の上に死んでいた友を見つけたほうも、あまりの悲しさに自害して果てたことが知らされます。

後場《のちば》には亡霊（死んだ二人のうち、先に死んだほうか後のほうか分かりませんが、いずれにせよその物語で語られた青年の亡霊）があらわれ、忘れえぬ友のなつかしさを清らかに語り、舞いおさめます。

この「松虫」について語られるとき、キーワードのようにきまって出てくることばがあります。同性愛ないし男色です。私にはそれが気に入りません。

同性愛が気に入らないのではなくて、たがいに友情を抱いた青年同士が死んだからといって、いちいちそうした文化的な価値づけをすることが厭なのです。余分な意味、余分な価値をまとわせるのが厭なのです。

とくに、先に逝ったほうの友の死にかたをみてください。この「死」には、じつに、およそ意味というものがない。なぜ一人で松虫の音をたずねて歩いていったのか。どんなわけで死んでしまったのか。まったく書かれていない。

そもそもこの青年が、どんな人物で、どんな生涯を送ったのか、ひとことも触れられていません。ただ、もう一人の青年の友であったということしか書かれていないのです。

私たちに伝えられるのは、いわばこの世のありとあらゆる青年から、ぎりぎりに抽象された透明な青年です。

その水のように透明な青年が、鳴く虫はどこにいるのか、あちらを歩き、こちらを歩き、心が尽きて草の上に空しくなった。その死は、いわば死の芯をなす死です。意味という意味、価値という価値を、ぎりぎりまでこそげおとした死です。

凄惨な感じはありません。いっそ清涼たる死です。このような死が、ほかの文芸に書かれた例があるでしょうか。

この曲のラストに書かれた詞章を引いておきます。亡霊が消えゆくのを謡う地謡の詞章です。

さらばよ友人名残《なごり》の袖を　招く尾花《をばな》の
ほのかに見えし跡絶えて　草茫々たる朝《あした》の原に
草茫々たる朝の原に

虫の音ばかりや残るらん
虫の音ばかりや残るらん

世阿弥の長男、観世元雅のつくった「弱法師《よろぼし》」（一部、世阿弥作）も、しばしば読みかえす曲の一つです。

ときは春二月、彼岸の中日、摂津の国の天王寺に、弱法師と呼ばれる乞食《こつじき》の少年（シテ）が姿をあらわし、報謝を受けます。少年は、河内の国高安《たかやす》の某の息子ですが、人の讒言《ざんげん》によって家を追い出され、流浪の果てに視力が失せ、身体は足弱《あしよわ》になって、そのよろめき歩くさまから「弱法師」とあだ名されたのでした。

天王寺には折しも、高安の某が息子の二世安楽をねがって施行《せぎょう》をするために訪れていて、二人は思いもかけぬ出会いをすることになります。

あまりの辛酸から身体まで傷《いた》めてしまった少年を主人公としながら、悲惨さはうすく、むしろ逆境に立つ少年の心ばえが清澄に書かれた作品です。

たとえばおなじ盲目でも、先に引いた「景清」の主人公には、平家の武将としての怨念から、そして高い誇りから、源頼朝の顔を見ることのないよう、みずから両目をえぐりとったという伝説まであって、まさにオイディプス的な悲劇性がむきだしになっていました。

「弱法師」には、そうした惨酷な運命のドラマ性はありません。そのかわり、少年に起こるしばしの昂揚と失墜との内的なドラマが一曲の中心をなします。西に沈む日輪を拝んだあと、見えないはずの目にすべてが見えると思え、ほとんど狂気のごとく胸を高ぶらせながら、すぐにまた現実に突き落とされるという部分です。その部分を謡曲本文から引きます。地謡とシテの弱法師との掛け合いになっています。

地謡　（略）淡路絵島《ゑじま》須磨明石　紀の海までも
　　　見えたり　見えたり　満目青山《ばんぼくせいざん》は心にあり
弱法師　ああ　見るぞとよ見るぞとよ
地謡　さて難波《なには》の浦の致景《ちけい》の数々
弱法師　南はさこそと夕波の　住吉の松影
地謡　東の方《かた》は時を得て
弱法師　春の緑の草香山《くさかやま》
地謡　北は何処《いづく》
弱法師　難波なる
地謡　長柄《ながら》の橋のいたづらに

かなたこなたと歩《あり》く程に
盲目の悲しさは　貴賤の人に行き合ひの
転《まろ》び漂ひ難波江の　足もとはよろよろと
実《げ》にも真《まこと》の弱法師とて　人は笑ひ給ふぞや
思へば恥しやな　今は狂ひ候はじ
今よりは更《さら》に狂はじ

右の文中、シテの「ああ　見るぞとよ見るぞとよ」という詞章こそ、この曲全篇のうち、高らかに屹立した一行といえるでしょう。おお、わたしは見るぞ、わたしは見るぞ。この盲目のわたしにも、難波の浦のすばらしい景色がすべて見えるぞ。夕波に映る住吉の松影が見えるぞ。春の緑のもえる草香山のすがたも、長柄の橋も見えるぞ。

ところが、ここで幻想からの失墜が起こります。よろこびに舞いあがって歩くうち、境内を往来する人にぶつかって転んでしまい、周りの人たちにはまさしく弱法師だと笑われ、一気に現実へと引き戻されるのです。

今は狂ひ候はじ、今よりはさらに狂はじ——。もう狂いません、これからは二度と狂いませんという少年の諦観の悲しさはどうでしょう。

ほんのいっときのクライマックスです。その短さのうちに烈しいよろこびの高潮から、手ひどい失望への転落ドラマが圧縮されて書かれています。ここはすごい。いつ読んでも、そう思います。しかしその少年には、逆境に対してしなやかに応じ、回復する心性がありました。その清爽なアトモスフィアが一曲のここかしこに感じられます。そこが魅力です。

右に引用した部分のまえ、恵みの報謝を受けとり、さらに梅の花びらがかぐわしく袖に散りかかって、少年の心が広やかに澄みわたる場面があります。人にぶつかって転び、幻想が悲しくやぶれたあとも、少年はやはり心の平らかさをとりもどし、名乗り出た父とともに高安の里に帰って一曲はおわります。

作者の観世元雅は、父の世阿弥をつぐ天才とうたわれながら、まだ若いうちに謎の死をとげて世阿弥を嘆かせました。名曲「隅田川」も、この元雅の作品です。

さて「松虫」にしても「弱法師」にしても、それぞれのクライマックスといえる部分を引きました。しかし謡曲のおもしろさは、そのように突出した場面にばかりあるわけではないと思います。

一行の詞章にもイメージがひろがる

どんな曲にも、クライマックスなどと関係なく、ほんの一行の単位で、胸をさわがせたり、晴らしたり、イメージをあざやかに広げさせたりする詞章がある。読んでいてうれしいのは、そんな一行にめぐり逢ったときです。
たとえば観世信光作「船弁慶」から引いてみます。

舟子《ふなこ》どもはや纜《ともづな》をとくとくと　はや纜をとくとくと

兄の頼朝と不和になって都落ちした義経が、弁慶とともに摂津の国大物《だいもつ》の浦に着き、そこから船出しようというところです。そこまで同行してきた静御前を帰らせることに決めつつも逡巡する義経の思いを、舟子たちは振り切らせるように、早く纜を解いて、乗船をうながします。「とく」は「解く」と「疾く」との掛けことば。さあ早く、纜を解き、もはや舟を出しますから、さあ早く。

舟子たちも、義経と静との別れにはふかく同情しているのでしょうが、そのことはべつとして、私はこの一行の詞章に船上で忙しく、また逞しく、立ち働いている血気さかんな舟子たちのすがたを思い浮かべざるをえません。さらにまた、西国との海上交通で知られたという大物の浦のにぎわいをも思わせられます。

もう一つ、福原麟太郎も触れていた「紅葉狩」から引きます。この曲も観世信光がつくりました。

地謡　（略）堪《た》へず紅葉《こうえふ》

［中の舞］

女　堪へず紅葉青苔《せいたい》の地

地謡　堪へず紅葉青苔の地

若く美しい女たちが紅葉した戸隠《とがくし》山で酒宴を開いているところへ、山に鹿狩りに来ていた平維茂《これもち》の一行が通りかかります。美女の一人はじつは山の鬼神で、維茂をとり殺すため、誘惑して酒をのませ、眠らせてしまうのでした。

右の詞章は、美女が、維茂の寝入ったのを見届けたあと、あらためて山のみごとな紅葉のさまをうたうもので、能では「中の舞」という形式の舞が入りますが、読むときは「堪へず紅葉——」という詞章が三つ並びます。

あたり一面の青苔に、みごとな紅葉が散り敷いて、感に堪えないほどのながめ……

この詞章は、じつは観世信光自身の創作ではありません。和漢朗詠集にもある白楽天の詩からの借用で、まさしく「つづれ錦」の一例なのですが、ここに三度繰りかえす効果のすばらしさはどうでしょう。

青と赤や黄との対照がまぶしいほどです。たとえば「見わたせば柳桜をこきまぜて都ぞ春の錦なりける」という歌などとくらべてみると、歌にある柳の葉と桜の花との淡い色彩のコントラストとは異なって、その鮮烈さに目が打たれるようではありませんか。

こうした風景であればこそ、やがてそこに繰りひろげられる鬼神と平維茂との死闘がいっそうダイナミックになるのです。つまり、ただ「堪へず紅葉青苔の地」という詞章の繰りかえしが、それだけ大きな働きをしているのです。

ことばの力というものを思わざるをえません。

謡曲はむろん読んでもいい。というより、読めばこそ目に映るものがあり、耳にひびくものがあり、胸が揺すられることがある。私はそう思います。

まえにあげた田代慶一郎『謡曲を読む』のなかで、著者は今日、「読む近松」と「見る近松」とが並んで市民権を得ていること、また「読むシェイクスピア」と「見るシェイクスピア」とが併存していることを述べたうえで、次のように書きつけています。「『見る能』と並んで、『読む能』があってもよいと思うのである。舞台で上演される能の素晴らしさと読む謡曲の詞章の美しさとは本質的に次元を異にする芸術体験である」

著者の心底にあるのは、もちろん「ことば」の力への信頼でしょう。動く。流れる。乱れる。整う。そうした「動くもの」のもたらす感動は、舞台からのみ味わえるものではありません。活字となった「ことば」からも、官能、武勇、凄絶、渇望、悲哀、祝福の感動は、見るのとはべつの次元で胸底にとどく。私はそう信じて謡曲を読んでいます。

いつも手近においているのは、次の補記（一）にもあげた有朋堂文庫の『謡曲集』。上下二冊で二百曲あまりを収録しています。新書ほどの判型がハンディーで、濃紺の装丁もすっきりと風合がよろしく、なにより活字が美しい。

謡曲集には、江戸時代から百曲ないし二百曲を編んだものが多く、そもそも百とは「ある世界なり宇宙なりを示すひとつの単位」（後掲『謡曲百番』「解説」、西野春雄）といわれます。そうであるなら、どの曲もそれぞれが小宇宙であるにはちがいなくて、読めども読みつくせず、果てなく誘惑されつづけるのも道理というものです。

補記（一）　謡曲のテクスト

謡曲の主な刊本のうち、いまふつうに入手できるものを次に記します。

『謡曲集』上中下　伊藤正義校注（「新潮日本古典集成」新潮社　昭和五十八―六十三年）

『謡曲集』(1)(2)小山弘志・佐藤健一郎校注・訳（「新編日本古典文学全集」小学館　平成九―十年）

『謡曲百番』西野春雄校注（「新日本古典文学大系」岩波書店　平成十年）

次の本は品切れ・絶版ですが、古書店などで比較的たやすく手に入ります。

『謡曲集』上下　野村八良校訂（「有朋堂文庫」有朋堂書店　大正三年）

『謡曲三百五十番集』（「日本名著全集」日本名著全集刊行会　昭和三年）

『謡曲集』上下　横道萬里雄・表章校注（「日本古典文学大系」岩波書店　昭和三十五―三十八年）

補記（二）　本書Ⅱの凡例

一、詞章は主として、右にもあげた有朋堂文庫版『謡曲集』上下から引用しましたが、ほかのテクストを用いている場合もあります。また漢字をかなに開いている部分があります。

二、詞章のルビには、有朋堂文庫版等にしたがって、歴史的かなづかいをつかっています。

三、作者名は通説のものを記しました。

四、曲名は、流儀によって異なる場合があります。

II

阿漕《あこぎ》

禁を犯すことへの危うい欲望

作者不明
シテ　阿漕（前は漁翁）／ワキ　旅僧

禁じられた漁か、禁じられた恋か

大罪にせよ、微罪にせよ、この世で禁じられた罪を、ただの一度も犯さずに人生をまっとうする人がいるでしょうか。この曲のシテは禁猟区で魚をとる阿漕です。何度もしていれば発見されてしまう。発見されれば極刑にあって地獄に落ちます。それを知っていながら、その危険があればこそ、犯すときのエクスタシーがある。いわば地獄とエクスタシーとが背中あわせになっています。この曲が感動的なのは、私たちの魂のどこかにも、その境地への欲望がかくれているからではないでしょうか。

旅の僧が伊勢参宮に出かけると、阿漕が浦で一人の漁翁に会います。その漁翁に、この場所の名のいわれをたずねると、むかし、ここは大神宮の御前に供する魚をとるための浦で、一般の海《あ》士《ま》は禁猟となっていました。
ところが、阿漕という名の、恐れを知らぬ海士人《あまびと》がいて……

漁翁　（略）神前《しんぜん》の恐《おそれ》あるにより　堅く戒《いまし》めてこれを許さぬ所に　阿漕《あこぎ》という海士人《あまびと》　業《わざ》に望む心の悲しさは　夜々《よるよる》忍びて網を引く　しばしは人も知らざりしに　度重《たびかさ》なれば顕《あらは》れて　阿漕を縛《いまし》め所をかへず　此浦の沖に沈めけり

（略）

地謡　恥かしや古《いにし》へを　語るもあまり実《げ》に　阿漕が浮名《うきな》もらす身の　なき世語りの色々に錦木《にしきぎ》の数積《かずつも》り　千束《ちつか》の契《ちぎり》忍ぶ身の　阿漕がたとへ浮名立つ　憲清《のりきよ》と聞えし　その歌人《うたびと》の忍《しの》び妻《づま》　阿漕々々といいけんも　責一人《せめいちにん》に　度重なるぞ悲しき

漁翁　（略）なにしろ神前に供える物。それを盗むのですから、罰せられる恐れがある。これを堅く戒めて許さぬところを、阿漕なる海士は、漁に対する執心が悲しいほどにはなはだしく、毎夜忍び網を仕掛けて引くのです。何度かは知られずにすんだのですが、度重なって世間に知られ、阿漕は縛られ、その場で、この浦の沖に沈められてしまいました。／(略)／地謡　ああ、恥ずかしい、こんな昔のことを語るのも。阿漕がよくない評判になって、男女の忍び逢いの数が重なると、死んだあとになっても阿漕のたとえが引かれるのです。のちに西行法師となる憲清の忍び妻が、憲清と逢うたびに「阿漕、阿漕」といってこわがったというのも、その責任が阿漕一人に負わされてばかりいるようで、(阿漕にとっては)悲しいことなのです。

阿漕はやはりみつかって殺されてしまい、あとには、そのわるい評判だけがあたかも教訓のようにのこります。たとえ一度や二度はみつからなくても、たびかさなればきっとみつかる。恋の歌にも、よまれます。のちの西行法師、俗名・佐藤憲清の逸話にものこります。私が読んで胸をつかれるのは、憲清が忍んで会う女が、「阿漕、阿漕」といって恐れるというところです。「こわい。阿漕のことを思い出してちょうだい。きっといつかは世に知れる――」。憲清にしても、おそらくおなじことです。しかし恋の逢瀬とはもともとこわいものでしょう。危ういものでしょう。だからこそ、よろこびがひとしお濃くなり、この世から忍び逢いが消え去ることはない。

恋も漁も罪は一つ

しかし、どうなのでしょうか。この曲では、先に阿漕の禁猟の話があって、その名がのこり、さまざまな恋の歌や伝説などにつかわれるようになったとされています。ところが逆に、もともと阿漕というのは、禁じられた恋を犯す者の象徴として歌などによまれていた。それがいろいろな話をも生み、この「阿漕」という曲もつくられた。そういう説もあるのです。

どちらが先か。もちろん、研究者でない私たち一般の読み手にとっては、どちらでもよろしいことでしょう。この世に許された恋や、許された漁や狩猟だけでは、がまんのできない精神や、生きていけない生活があります。さらにいえば、この世のあらゆる行為は、許されたものと、禁じられたものとにわかれる。その禁じられたものに賭ける命がある。禁じられたものは、恋だろうが漁だろうが、おなじことです。

先に漁翁として出てきた人物は、じつは、阿漕自身の亡霊として、後に登場し、禁猟のエクスタシーを語ります。

阿漕　海士《あま》の刈る　藻《も》に住む蟲《むし》の我《われ》からと　音《ね》をこそ泣かめ世をば恨《うら》みじ　今宵は少し波あ

れて　御膳《ごぜん》の贄《にへ》の網はまだ引かれぬよなう　よき隙《ひま》なりと夕月なれば、宵よりやがて入汐《いりしほ》の　道をかへ人目を　忍び忍びに引く網の　沖にも磯にも船は見えず　只我のみぞ英虞《あご》の海　阿漕が塩木《しほき》こりもせで

地謡　なほ執心《しふしん》の網置かん

阿漕　古今集に、海士の刈る藻に住みつく「我から虫」のように、「すべて我からだ、自分のせいだといって声を上げて泣きもしよう、しかしこの世を恨みはしない」という意味の歌がある。今宵は少し波が荒れ、御膳に供える魚の網はまだ引かれないだろう。いまこそ丁度よい。夕月だから、宵からすぐに入潮だ。いつもの道を変え、人目を忍び忍びに網を引いていると、沖にも磯にも船はみえない。ただ我のみぞ、この英虞の海はひとり占めだ。この阿漕、しょうこりもなく、／地謡　なお漁への執心への網を打つ。

右の地謡のラストにある「執心」という言葉は重い。それは、阿漕のおちる地獄の苦しみと直結しているからです。地謡はこううたっています。「……うろくづ今はかへつて　悪魚毒蛇となつて　紅蓮大紅蓮《ぐれんだいぐれん》の氷に身を傷《いた》め　骨を砕けば叫ぶ息は　焦熱大焦熱《せうねつだいせうねつ》の　焰煙《ほのほ》り　雲霧立居《くもきりたちゐ》に隙

もなき　冥途の責《せめ》も度重なる　阿漕浦の罪科を　助け給へや旅人よ……」。

魚たちは悪魚・毒蛇となって襲う。紅蓮地獄、大紅蓮地獄の氷に身も凍り、骨は砕ける。声をあげれば息は焦熱地獄、大焦熱地獄の焔となって責めさいなむ……。これほどの苦しみと引きかえにしてもかまわない、それだけの大歓喜を阿漕は心中に欲していました。阿漕が欲していたならば、同時代の人間が、あるいは現代に生きる私たちが、おなじ危うい欲望をかくしていてもふしぎでない。この「阿漕」はだからこそ、いまでも心に迫る名曲として読みつがれているのでしょう。

安宅《あたか》

緊迫の大波や小波をうねらせる作劇術

作者不明
シテ　武蔵坊弁慶／ツレ（立衆）　義経の郎等／ワキ
富樫／アイ　供の強力／アイ　富樫の従者／子方　源
義経

緊迫と弛緩とのバランス

作劇において作者はただならぬ力量のあった人でしょう。徹底的に切りつめて簡潔な構成にしながら、息のつまる緊迫の大波や小波が立ちつづける。「簡勁《かんけい》」という言葉がぴったりと合う謡曲です。単純にして力強い。極限の状況下で、人間はどのように行動するか。それを大づかみにつかみ、じつにあざやかに書き切っています。

歌舞伎で「勧進帳」としてつくりかえ、もはやポピュラーに知られていますが、けっして軽視できるような作品ではありません。

加賀の国、安宅の関所です。奥州へ落ちのびようという義経一行を、頼朝の命を受けた富樫が待ち受けています。一行は山伏のすがたに身をかえていますが、どうやら富樫はそのことも承知しているらしい。それを知った弁慶は、関所にさしかかるまえに、皆をあつめて合議をします。これが緊迫の第一の波です。

義経　ともかくも弁慶計《はか》らひ候へ

弁慶　畏《かしこま》つて候　某《それがし》きつと案じ出《い》だしたることの候　我等を始めて皆々につくい山伏にて候が　何と申しても御姿《おんすがた》隠れ御座《ござ》なく候間《あひだ》　このままにては如何かと存じ候　恐れ多き申事《まうしごと》にて候へども　御篠懸《おんすずかけ》をのけられ　あの強力《がうりき》が負ひたる笈《おひ》をそと御肩《おんかた》に置かれ御笠《おんかさ》を深々と召され　如何にもくたびれたる御体《おんてい》にて　我等より跡《あと》に引きさがつて御通《とほ》り候はば　なかなか人は思ひもより申すまじきと存じ候

義経　ともかく弁慶、考えて取り計らうように。／弁慶　かしこまりました。私の考え出したことがございます。私をはじめ、皆々むくつけき山伏そのものです。ところが何といっても、そのおすがたを隠しおおせることは無理でありましょう。そのままでは如何かと思われます。恐れ多い申し上げようではありますが、その御篠懸を脱ぎ、あの強力が負った笈をしばらく肩に置かれ、われらより後に引き下がって御通りになれば、人もまさか判官さまとは思いもよらないのではないでしょうか。

力づくで突破しようという大勢の意見に対し、沈着冷静な弁慶の智力が光ります。弁慶の出る謡曲は多くありますが、しばしば武力の人でなく、智力の人としてあらわれています。当時の弁慶イメージとして注意してもいいかも知れません。

しかし関所では、右のプランは成功しませんでした。いったんは東大寺への寄進造営の勧誘を書いた勧進帳を読み上げよと、富樫に求められた弁慶が、みごとに偽って白紙を読んで信用させたものの、あまりに華奢な義経の歩きぶりが目について、ついには捕縛されかかる。

これが第二の緊迫の波です。有名な、弁慶による義経打擲《ちょうちゃく》の詞章を引いてみます。

弁慶　や　言語道断　判官殿《はうぐわんどの》に似申したる強力めは一期《いちご》の思出な。腹立《はらたち》や日高《ひたか》くは　能登の国まで指《さ》さうずると思ひつるに　わづかの笈《おひ》負うて跡《あと》に下がればこそ人も怪《あやし》むれ　総じて此程　憎《に》つくしにくしと思ひつるに　いで物《もの》見せてくれんとて　金剛杖《こんがうづゑ》をおつ取つて散々《さんざん》に打擲《ちやうちやく》す　通れとこそ　や　笈《おひ》に目を懸《か》け給ふは　盗人《たうじん》ざうな

弁慶　やや、言語道断。判官殿に似ているといわれる強力は一生の思い出になるだろう。腹立たしい。日暮れまでには能登の国まで行こうと思っていたのに、これくらいの笈を負って後に下がっていればこそ、人にも怪しまれる。総じて、このあいだから憎い奴と思っていた。さあ、目に物みせてやろう、といって、（弁慶は）金剛杖をとり、さんざんに打ちすえる。（義経に）そら通れ。（富樫に）やあ笈に目をおつけになるとは、そなたも盗人だな。

舌をまくのは、これらの状況の前後に、軽いユーモアをはさみ、いったん緊迫を弛緩させてみせる作者の手腕です。たとえば、いざ関所に向かいつつ、一行が「旅の衣《ころも》は篠懸《すずかけ》の　旅の衣は篠懸の　露けき袖やしをるらん」（山伏の篠懸衣を身につけて旅に出ると、袖は露に濡れ、涙にしおれることだろう）とうたうと、狂言方の強力がそれを受け、「おれが衣は篠懸の　破れて事や欠きぬらん」（おれの篠懸衣は、破れちまって役にも立たない）などとうたったりする。

あるいは関所についたあと、富樫の使者の狂言方が、義経の一行は山伏の格好をしているようなので、昨日もここで山伏を三人までは斬ったと威嚇すると、弁慶が即座に「さてその斬つたる山伏は判官殿か」と応じてみせる。これはいわば黒い笑いですが、そうしたさまざまな笑いを最適のタイミングで織りこむことにより、緊迫を一瞬、解体し、つづけてあたらしい緊迫状況をつくりだしてみせる。

熟練の手わざだと思います。そして、もう一つ絶妙なのが、弁慶と富樫との力関係です。

楕円形の力学

比喩的にいえば、たいていの謡曲は、一つの円の中心にシテがいます。ほかの役は周辺にいてシテを盛りたてる。シテが偉いのではなくて、そのような配置により、劇構造の全体を高める工夫なのです。この「安宅」では、それがずいぶん異なります。

いわば楕円のなかの左右に、シテの弁慶、ワキの富樫が、それぞれ焦点として位置していて、ほぼ互角に対立している。そしてその二つの焦点が、状況によって大小を変化させる。つまり、たとえば弁慶が勧進帳を読むことで焦点を富樫よりも大きくすれば、また一方、義経を見破ることで富樫が逆転し、弁慶よりも焦点を大きくしてみせる。そして義経を金剛杖で打擲することで、またも弁慶が得点をあげ、自分の焦点を大きくする。

弁慶と富樫とに注目すれば、この劇は一貫してその繰りかえしなのです。ラスト、富樫が一行に酒をふるまうところで、ようやく両者の焦点はイーブンになる。全篇にわたって、作者はそうした力学を意識しつづけていたはずです。

黒澤明監督の初期作に、この「安宅」を映画化した「虎の尾を踏む男達」（一九四五、公開一九五二）があることを付記しましょう。弁慶が大河内傳次郎、富樫が藤田進、狂言の強力が榎本健一。右に書いた緊迫のはざまの笑いはエノケンがみごとに演じ、弁慶と富樫との関係のダイナミズムは、大河内傳次郎と藤田進とが楕円の二焦点になることで生きいきと発動しています。

黒澤明も「安宅」が好きだったにちがいありません。かれの才質と、「安宅」の劇構造とがぴったり嚙みあった愉しい映画です。

敦盛《あつもり》

怨恨が駆けめぐる一瞬のクライマックス

世阿弥作
シテ　敦盛（前は草刈男）／ツレ　同行者（三人）／ワキ　蓮生法師

草刈男たちの「音楽」のたのしみ

たとえば旅の僧などが、第三者として、ドラマに立ち合う。それが謡曲におけるワキの一般的な位置ですが、この曲はその点でいちじるしく特異です。シテの敦盛とワキの蓮生法師とは、かつての敵同士。敦盛（の霊）にとって、蓮生法師は自分を討った相手です。会えば揺るがざるをえない心理がある。

「敦盛」は、そのようなシテの心理の綾をも織りこんだ謡曲といえるでしょう。

武蔵の国の住人、熊谷次郎直実は、たとえ敵とはいえ、弱冠十六歳の貴公子、平敦盛の首を落としたことに無常をおぼえ、出家して蓮生法師と号しています。これから敦盛の菩提を弔おうと、合戦の場となった一の谷をたずねてきたところです。

そこへ、いかにも巧みに笛を吹きながら草刈男たちがやってきます。僧がかれらの風雅さに感じ入ると、かれらの一人が反発し、「樵歌牧笛《しょうかぼくてき》」といって歌人が歌にもつくっているほどである。自分たちのように身分の賤しい者が笛を吹いたとしても、ふしぎなことはなにもない、といって僧をいっそう感心させます。

僧が納得するところから詞章を引きます。雅致に富んだ対話がはじまります。

法師　実《げ》に実に是は理《ことわり》なり　ささて樵歌牧笛《せうかぼくてき》とは
草刈　草刈《くさかり》の笛
法師　樵《きこり》の歌の
草刈　浮世を渡る一節《ひとふし》を
法師　謡ふも
草刈　舞ふも
法師　吹くも
草刈　遊ぶも

地謡　身の業《わざ》の　好《す》ける心に寄竹《よりたけ》の　好ける心に寄竹の　小枝蟬折《さえだせみをれ》さまざまに　笛の名は多けれども　草刈の　吹く笛ならば是も名は　青葉の笛と思召せ（略）

法師　いや、もっともです。さてそれで樵歌牧笛というのは。／草刈　草刈男の笛、／法師　きこりの歌のこと。／草刈　どちらもこの憂き世の中を渡るための慰めとする一節で、／法師　歌うのも、／草刈　舞うのも、／法師　吹くのも、／草刈　総じて歌舞や音曲をたのしむのも、／地謡　自分たちの仕事であり、風流を解する心によるものです。音色がすばらしいという、海岸に流れついた竹でつくった「寄竹」の笛には、小枝や蟬折など、さまざまな名笛の名が多いのですが、草刈男の吹く笛ならば、青葉の笛とでもお思いください。（略）

みじかい対話ですが、おもしろい指摘に富んでいる部分です。たとえば、「遊ぶ」とは、具体的にいえば、音楽をたのしむことであること。また、「遊ぶ」のに身分の上下は関係がない。遊ぶのがまさに草刈男の「身の業」であるとまでいっていること。これらは、敵同士の邂逅を「敦盛」のメインテーマとするならば、ずいぶん逸脱したサブテーマにすぎませんが、謡曲ではそうしたサブテーマにも耳を傾けるべきことが多い、ということを教えられます。

ともあれ、右の対話のあと、仲間は帰って一人だけのこった草刈男が、蓮生法師が毎日毎夜、自分を弔ってくれていることに礼をいいながら――つまり、自分が平敦盛であることを蓮生法師に暗示しながら――、姿を消して、前半がおわります。

敵と敵のめぐりあわせ

もはや、蓮生法師にもはっきりと分かりました。あの草刈男こそ、かつて自分が首をはねた平敦盛の亡霊であったのでした。しかし、もともとその菩提を弔うために一の谷まで旅してきた蓮生法師に、恐れる気持ちは微塵もありません。夜すがら、追善の法事をなし、念仏をとなえつづけます。

いよいよ敦盛の霊があらわれました。敵と敵との邂逅です。しかし「現の因果を晴らさんために」来たという敦盛も、蓮生法師に諄々と説かれ、いまや迷いを離れ、成仏をねがうべきことがわかって懺悔をはじめます。

ところが、人間の業はなまなかなものではない。ラストの詞章を引きます。

地謡　一門皆々《みなみな》船に浮《うか》めば　乗りおくれじと汀《みぎは》に打ちよれば　御座舟《ござぶね》も兵船《ひやうせん》も　遙かにのび

給ふ
敦盛　せんかた波に駒をひかへ　あきれはてたる有様なり　かかりける所に
地謡　後《うしろ》より　熊谷次郎直実《くまがへのじらうなほざね》　のがさじと追つ懸《か》けたり　敦盛も馬引返《うまひきかへ》し　波の打物《うちもの》抜いて
二打三打《ふたうちみうち》は打つぞと見えしが、馬の上にて引つ組んで　波打際に落ち重なつて　終に
討たれて失せし身の　因果は廻りあひたり　敵《かたき》は是ぞと討たんとするに　仇《あだ》をば恩に
て　法師の念仏して弔《とむら》はるれば　終には共に生《うま》るべき　同じ蓮《はちす》の蓮生《れんせい》法師　敵《かたき》にては
無かりけり　跡《あと》弔ひて給《た》び給へ　跡《あと》弔ひて給《た》び給へ

地謡　平家の一門が皆、船に乗ってしまったので、(敦盛は)遅れてはいけない
と水際に寄れば、御座船も兵船も、はるか沖合いに行ってしまった。/敦盛　致
しかたなく、波打ちぎわに馬をひかえ、途方にくれたありさま。そんなところに、
/地謡　うしろから、熊谷次郎直実が逃すものかと追ってくる。敦盛も馬を引き
返し、刀を抜いて、二度三度、斬り合いとなったかと見えたが、ともに馬上で組
み合い、波打ち際に落ち重なって、ついに(敦盛が)打たれ、落命した。その身
の因果がめぐって、今日こそ敵に会った。これぞ敵と討とうとするが、熊谷は
仇を恩にかえ、念仏回向をしてくださっている。そうであるならば、最後にはと

もに同じ蓮の台に生まれるべき蓮生法師よ、あなたは敵ではなかった。どうぞこのあともさらに弔ってくださいますように。

「因果は廻りあひたり　敵は是ぞと討たんとするに」というフレーズに注目したい。熊谷直実のまえに敦盛の霊があらわれるところを一篇のクライマックスとするならば、このフレーズこそ、もう一つの小さなクライマックスではないでしょうか。あるいは後半のはじめにあらわれたとき語った怨恨を、ここで、話の上で、繰りかえしてみただけという可能性もあります。しかし私には依然として恨みはのこっていると思えてなりません。しかも、その恨みはますます頂点へと高まっている、と。

敵は是ぞと討たんとするに――。このとき、どれだけの苦悩が、敦盛のなかを駆けめぐったことでしょう。殺すべきか、殺さざるべきか。

敦盛の霊の苦しみは伝えられませんが、結局は「敵にてはなかりけり」という境地に至ります。私たちも気持ちを平らかにして一篇を読みおえることになります。

井筒《いづつ》

精妙に普遍化された恋の心情

世阿弥作
シテ　有常の女（前は里女）／ワキ　旅僧

おさない友達遊びから成熟した恋へ

ある傑作を評するのに、一般に、作家の手に神が舞い降りたなどといいます。その作家の一生のうち、ごく稀にしか起きることではないでしょう。世阿弥にとって、「井筒」こそ、その稀なことが起きてしまった例の一つだと思います。

この作品は、在原業平とか紀有常の女とかいった固有名詞などを、むしろ消去して読みたい。一篇の全体が、ふつうの少年少女、あるいはふつうの大人の男女による心情のドラマとして、もののみごとに普遍化されているからです。典拠は伊勢物語の第二十三段ですが、その点で、世阿弥は原典をはるかに凌駕したものをつくったといわざるをえません。

奈良を旅した僧が、初瀬に向かう徒次、在原寺に立ち寄ります。ここが在原業平と紀有常の女とが夫婦として暮らした旧跡かと、僧が感慨にふけっていると、一人の女が、閼伽《あか》の水をもってやって来ます。庭の井戸から水を汲みあげて供花の水とし、塚に回向をしている女に僧がたずねると、かつてここに住んでいた業平を弔っているとのこと。業平といえば遠いむかしの世の人であり、ふしぎに思った僧がなおもたずねると、女は、ここに暮らした業平とその妻、紀有常の女について昔話をはじめます。

詞章を引くまえに、いくつかの語句と、二首のうたをみておきます。

まず、井筒という言葉ですが、井戸の地上の囲いのこと。円形のものも方形のものもあります。筒井というのは、そのような囲いで囲われた井戸、または筒状に掘った井戸のこと。ややこしいですが、筒井筒というと筒井とおなじことです。

「筒井筒　井筒に懸けしまろが丈　生ひにけらしな妹見ざる間に」（井戸の囲いとくらべていた私の背も、囲いを越えてしまったよ、あなたと会わないうちに）は、業平から有常の女への求婚のうた。「くらべこし振分髪も肩過ぎぬ　君ならずして誰かあぐべき」（あなたとくらべてきた私の振分髪も、もう肩をすぎました。あなたのためでなくて、だれのために髪あげをいたしましょう）は、有常の女からの応諾のうたで、二首とも伊勢物語から借用されています。なお二首目にある髪あげは、これまで下げていた髪を成人に達した儀式として結いあげること。

地謡　（略）むかし此国に　住む人の有りけるが　宿をならべて門《かど》の前　井筒によりてうなゐ子の　友達語らひて　互に影を水鏡　面《おもて》をならべ袖を懸け　心の水の底ひなくうつる月日も重なりて　おとなしく恥ぢがはしく　互に今はなりにけり　其後彼《そののちかの》まめ男言葉の露の玉章《たまづさ》の　心の花も色そひて

里女　筒井筒　井筒に懸けしまろが丈《たけ》

地謡　生《お》ひにけらしな妹見《いもみ》ざる間にと　詠《よ》みておくりける程に　其時女もくらべこし　振分《ふりわけ》髪《がみ》も肩過ぎぬ　君ならずして誰かあぐべきと　互に詠みし故なれや（略）

地謡　（略）むかしこの地に住んでいた人たちがありました。家は並んでおり、門の前には井筒がありました。それぞれの家の子が、誘い合って、二人のすがたを井筒の水に映し、顔を並べたり、たがいに袖をかけたり、水のように心の分け隔てがありませんでした。でも、時が移ろい、歳月も重なって、やがて二人とも大人らしくなって、恥じらいをおぼえてしまいました。そののち、かの誠実なお方は、言葉の露がしたたるような、心の花が美しく色づくような、そんな手紙をお書きになり、／里女　「筒井筒　井筒にかけしまろが丈、／地謡　生ひにけらしな妹見ざる間に」と、詠んでくださったので、そのとき女も、「くらべこし振分髪も肩過ぎぬ　君ならずして誰かあぐべき」と返歌したのです。（略）

二人が身をよせながら、井戸にたがいの顔を映して遊ぶ。とくに水面に映る顔を二人でみつめあうところには、一滴か二滴のおさないエロティシズムが溶けているかも知れません。しかしそれはあとになってから自覚すること。まだ無垢で、それこそ水のように二人の心の分け隔てのない、なんとも幸福な状態です。それが歳月が重なり、大人めいたところが出てくると、急に恥ずかしくなる。もういっしょに井戸端などで遊ぶことはできない。無垢な幸福がすぎさり、恋が成熟して行くのです。

水面に躍るクライマックス

二人が夫婦になったのを語ったあと、じつは自分こそ紀有常の女の霊であることを告げ、女はいったん僧のまえからすがたを消します。そして後半、業平の形見のかぶりものや衣を身につけ、ふたたびあらわれます。

業平のすがたをして井戸をのぞきこむというクライマックスがやってきます。

有常の女　ここに来て　昔ぞかへす在原の
地謡　寺井《てらゐ》に澄める月ぞさやけき　月ぞさやけき
有常の女　月やあらぬ　春や昔と詠《なが》めしも、いつの頃ぞや
（略）
地謡　さながら見みえし昔男《むかしをとこ》の　冠直衣《かむりなほし》は女とも見えず　男なりけり業平の面影
有常の女　見ればなつかしや
地謡　我ながらなつかしや　（略）

有常の女　ここに来て、在原寺のむかしも今に返って、／地謡　寺の井戸に澄んだ月光が明るい。／有常の女「月やあらぬ春やむかしの春ならぬ　わが身ひとつはもとの身にして」と業平さまが詠まれたのも、いつの頃だっただろう、／（略）／地謡　まさしくこの冠直衣で逢った業平さま。映るすがたは女とはみえず、まったくの男すがた、業平さまの面影のとおり。／有常の女　このすがたをみればおなつかしい。／地謡　われながらなつかしい。（略）

井戸をのぞき、そこに映る自身のすがたをみつめる。たったそれだけのことに、いいようのない昂揚と緊張とを感じさせられます。男の衣をまとったとはいえ、「松風」のときのような狂気じみたエロティシズム（本書一五〇頁）は感じられません。いったい有常の女は、井戸の水面に何をみているのでしょうか。

そこに映っているのは、井戸端でいっしょに遊んだ業平であり、おなじく幼いころの自分でもあり、またのちの貴公子として成長した業平でもあり、やはり成熟した自分自身のすがたでもあります。つまり、時間的には幼少時と成熟時、性的には男と女、その四つの組み合わせを、女は井戸をのぞきこむことで往還しているのです。

なんという精妙なクライマックスでしょう。「井筒」は夢幻能の極北ともされていますが、そのゆえんは、ここにあると思われます。

善知鳥《うとう》

小世界と小世界との哀しい衝突

作者不明
シテ　猟師の幽霊／ツレ　妻／子方　千代童／ワキ　旅僧

二つの「アンティーム」な小世界

フランス語にアンティーム（intime）という形容詞があります。訳してみれば「一番奥の、ふかい」とか「私的な、秘めた」とか「親しい間柄の、水いらずの」とかいったことになりますが、これは日本語に一言でぴたりと合う言葉がみつけにくい。人間関係に用いれば「ふかく秘めたものを親密に共有した」という意味になるようです。

謡曲「善知鳥」は、いわばこのアンティームな小世界が、ほかのアンティームな小世界にぶつかったときの悲劇——と読めるのではないかと思っています。

陸奥へと旅する僧が、途中、立山禅定に寄ったあと、一人の猟師に出会います。猟師は外の浜で仕事をしていたところ、去年の秋に身まかってしまったという。その猟師の霊から、陸奥に下るのならば、妻子のいる家に行き、蓑笠を手向けてはくれまいかと僧は頼まれます。そのあとのくだりを引いてみます。

旅僧 （略）届け申すべき事はやすき程の御事にて候 さりながら上《うは》の空に申してはやはか御承引《ごしやういん》候べき

猟師 実《げ》にたしかなるしるしなくてはかひあるまじ や 思い出でたり有りし世の 今はの時まで此尉が 木曾の麻衣の袖を解きて

地謡 是をしるしにと 涙を添へて旅衣 涙を添へて旅衣 立ち別れ行く其跡は 雲や煙の立山《たてやま》の木《こ》の芽も萌ゆる遙々と 客僧は奥へ下れば 亡者は泣く泣く見送りて 行く方知らずなりにけり 行く方知らずなりにけり

旅僧 （略）お届け申すことは何ほどのことでもありません。しかし、根拠もなく申し上げても、まさか本気にしてはくださいますまい。／猟師 まったく、確固とした証拠がなくては、行っていただく甲斐がないでしょう。いや、思いつきました。生前、死ぬまで私が着ていた木曾の麻衣の袖を引きちぎり、／地謡（猟師の霊は旅僧に）これを証拠にと渡し、衣を涙でぬらして別れ行く。（僧は）雲や煙の立つ立山の、地獄の火が燃えるばかりか木の芽も萌え出でるあたりを北へと下れば、猟師の霊は泣く泣くあとを見送って、行方知れずになってしまった。

胸をつくのは、猟師の亡霊が袖を引きちぎって、それを証拠に妻子にみせてくれと頼むところでしょう。身につけていたものというのは、ともに親密に暮らしていた家族にとって、一つのとてもアンティームな形見となるものです。じっさい、その袖を僧からみせられた妻は、涙をながして懐かしがります。

この猟師の家のつつましやかな暮らしが、私には、狩られるほうの鳥の生きかたとそっくりに思えてなりません。鳥は善知鳥（うとう）といいます。餌をとってきた親鳥が「うとう」と声をかけると、子が「やすかた」と答えながら出てくる。なんという愛らしさ。その習性を利用して、猟師は親鳥の声をまねて「うとう」と呼び、聞こえてくる「やすかた」という声で子の居所を知り、取ってしまうのです。

アンティームな猟師の小世界も、善知鳥・やすかたの小世界にとっては、とても恐ろしい暴力の世界にほかなりません。

何がもっとも救いがないか

ともあれ、僧は猟師に頼まれたように、妻子の家をたずねて蓑笠を手向け、供養をはじめます。するとそこに猟師の亡霊があらわれ、自分の過去について述懐します。士農工商の家にも生まれず、琴碁書画をたしなむ身ともならず、ただ明けても暮れても殺生を営んだ。真夏の暑さも忘れ、真冬の朝も寒いとは思わず、ひたすら殺生に夢中になった。罰をうけるのは当然で、いまとなっては後悔せずにいられない——。

つづく部分を引きます。

地謡　（略）そもそも善知鳥　やすかたのとりどりに品かはりたる殺生の
猟師　中に無慙《むざん》やな此鳥の
地謡　愚《おろか》なるかな筑波嶺《つくばね》の　木々の梢にも羽を敷き　波の浮巣《うきす》をもかけよかし　平沙《へいさ》に子を生みて落雁《らくがん》の　はかなや親は隠すとすれど　うとうと呼ばれて　子はやすかたと答へけり　さてぞ取られやすかた
猟師　うとう

地謡　親は空にて血の涙を　親は空にて血の涙を　降らせば濡れじと菅蓑《すがみの》や　笠を傾《かたぶ》け

（略）

地謡　娑婆《しやば》にては　善知鳥やすかたと見えしも　善知鳥やすかたと見えしも　冥途《めいど》にしては　化鳥《けてう》となり　罪人を追っ立て鉄《くろがね》の　嘴《はし》を鳴らし羽をたたき　銅《あかがね》の爪を磨《と》ぎ立てては　眼《まなこ》をつかんで肉《ししむら》を　さけばんとすれども猛火《みやうくわ》の煙に　むせんで声をあげ得ぬは　鴛鴦《をしどり》を殺しし科《とが》やらん

地謡　（略）そもそも善知鳥・やすかたというのは、鳥たちにはそれぞれに異なる猟の仕方があるが、／猟師　なかでも無残な殺生ではないか、この鳥は、／地謡　愚かなことだ。たとえば山の木々の梢に羽でも敷くとか、海や川の波にも浮くような巣をかければよいものを。平らな砂原に子を生んで、まるで空から落ちた雁のよう。あっけなくもはかないこと、親は隠そうとしても、猟師が「うとう」と呼べば、子は「やすかた」と答えてしまう。さてさて、取られやすい、やすかた。／猟師　うとう！　／地謡　それをみて親は空から血の涙を降らす。猟師はぬれまいとして菅や蓑をつけたり、笠をかけたり。（略）／地謡　この世では善知鳥・やすかたとみえたものが、冥土では化け鳥となって、私のような罪人を追いたて、鉄の嘴を鳴らし、羽をたたき、銅の爪をみがきあげては、眼をつかみ、肉を裂く。叫ぼうと思えども、猛火のあげる煙にむせんで声をあげられないのは、仲のよい親子の鳥を殺した罪科だろう。

右のラストのあたり、地謡のうたう地獄の描写をみてください。「阿漕」など、ほかにも殺生による苦しみを書いたものはありますが、これほどに凄愴をきわめたものはないでしょう。そして、なんとも悲しい。猟師にしても、おもしろいほど夢中になって殺生をしたという面がありますが、殺生すればこそ、妻や子たちとのつつましくも親しい暮らしが成立するのです。

この地獄の凄愴苛烈は、善知鳥のアンティームな暮らしを破壊し、命を奪ったことから来るのでしょう。しかし破壊する猟師のほうにも、妻子とのおだやかで楽しい暮らしがある。もともとアンティームに暮らしている者が殺戮者となる。あるいは、ならざるをえない。猟師にとっての、そして鳥にとっての、何か根本的な、どうしようもない救いのなさを感じさせられます。

大原御幸《おはらごこう》

この世から彼岸へのグラデーション

作者不明
シテ　建礼門院／ツレ　大納言局／ツレ　阿波内侍／
ワキ　萬里小路中納言／ワキツレ　後白河法皇

この世の境界の向こうを書く

起こるべきことが、すべて起こってしまった。これから予期できるような出来事はもはや何もない——。謡曲「大原御幸」は、あらゆることの果てたあとのドラマ、いわばこの世の境界の向こうを書くドラマです。

頃は初夏。所は大原の里にある寂光院。あの平家一門の最後の日、壇ノ浦の戦いで安徳帝を抱いて入水しながらも、源氏の兵に助けられた建礼門院が、この寂光院で、仕えの者たちと暮らしています。暮らしているとはいっても、私にはとてもここがこの世のうちとは思えない。たしかに、のどやかな風景です。野には明るい陽光がさんさんとそそぎ、青葉にまじって遅桜が咲いています。しかし、ここではもう何も起こらない。わが子の安徳帝をはじめ、平家一門の菩提を弔うほか、することといえば、仏前に供える樒《しきみ》などを摘みに、山中をそぞろ歩くばかりのこと。

建礼門院　いかに大納言の局《つぼね》　後《うしろ》の山に上り樒《しきみ》を摘《つ》み候べし

大納言局　わらはも御供《おんとも》申し　妻木蕨《つまぎわらび》を折り供御《ぐご》にそなへ申し候べし

建礼門院　たとへば便《びん》なき事なれども　悉達太子《しつだたいし》は浄飯王《じょうぼんわう》の都を出で、檀特山《だんどくせん》の嶮《さか》しき道を凌《しの》ぎ　菜摘み水汲み薪《たきぎ》

地謡　とりどり様々に難行《なんぎやう》し　仙人に仕へさせ給ひて　終《つひ》に成道《じやうだう》なるとかや　我も仏の為なれば　御花筐《おんはながたみ》取りどり　猶《なほ》山深く入り給ふ　猶山深く入り給ふ

建礼門院　どうでしょう、大納言の局。うしろの山にのぼって樒を摘もうではありませんか。／大納言局　私もお供して、薪や蕨をとってお食事をご用意致しましょう。／建礼門院　例に引いてはおかしいけれど、悉達太子は浄飯王の都を出て、檀特山のけわしい道をも分け入り、菜を摘んだり、水を汲んだり、薪を／地謡　取ったり、それはとりどりさまざまな難行をなさって、仙人にお仕え申し、

ついに仏道をお悟りになったとか。私も御仏のためなのだからと、女院は花籠をお取りになり、なお山深くお入りになって行った。

何でもない詞章とはいえ、いや、むしろ何でもない詞章だからでしょうか、私はこのくだりを読むと、なぜか茫然とさせられるような気がします。野には明るい光が満ちみちている。山に入っても、初夏の木漏れ日はやはり明るく射してくることでしょう。建礼門院たちが奥に歩み入るにつれ、木々はだんだん密として、光の量は減じ、それに応じて、影は濃くなる。帰りには影が減じて光が増す。

この光と影とのグラデーションに、なにか茫然とさせられるのです。目まいのような感覚さえおぼえるのです。なほ山深く入り給ふ——。もうここでは何も起こらない。のどやかどころか、この風景のしずけさが、かえっておそろしい。ここはもう境界をこえてしまったところなのです。もはや光と影との増減くらいしか起こることのないところなのです。

境界のこちらの凄惨さ

建礼門院たちが出かけているあいだに、思いがけず、後白河法皇の御幸があります。いまは尼僧となった女院をなぐさめようというのでしょう。やがて帰ってきた女院と法皇とのしのびやかな対話がはじまります。

法皇　先《さい》つ頃ある人の申せしは　女院《にようゐん》は六道《ろくだう》の有様《ありさま》まさに御覧じけるとかや

（略）

建礼門院　消えもやられぬ命の中《うち》に

地謡　六道の巷《ちまた》に迷ひしなり　まづ一門　西海《さいかい》の波に浮き沈み　よるべも知られぬ船の内海にのぞめども　潮《うしほ》なれば飲水せず　餓鬼道の如くなり　又ある時は　汀《みぎは》の波の荒磯に　打ちかへすかの心地して　船挙《こぞ》りつつ泣き叫ぶ　声は叫喚《けうくわん》の　罪人もかくやあさましや

建礼門院　陸《くが》の争ひある時は

地謡　是ぞ誠に目の前の　修羅道《しゆらだう》の戦《たたかひ》　あら恐ろしや数々の　駒の蹄の音聞けば　畜生道《ちくしやうだう》の有様を　見聞《みき》くも同じ人道の　苦しみとなり果つる　憂き身の果ぞ悲しき

法皇　このあいだ、ある人が申していました。女院は六つの迷界のありさまを、まさしくご覧になってしまわれたとか。／（略）／建礼門院　この世から消えてしまうこともかなわず、／地謡　迷界のなかを、さすらい歩きました。まず平家一門、船は西海の波に浮沈を繰りかえし、よるべもない船の内にいて、海を臨んでも塩水は飲めもせず、みんな餓鬼道におちたかのよう。またあるときは、水際の荒波に、船が覆るかの思いがして、船中みんなこぞって泣き叫ぶ。その叫びは、叫喚地獄におちた罪人もかくやとばかりにあさましい。／建礼門院　陸上での戦いのあるときは、／地謡　これこそまったく、目前に修羅道の戦いが繰りひろげられるよう。ああ何と恐ろしい。あまたの馬の蹄が音を高鳴らすと、まるで畜生道のありさまを見聞きするのとおなじこと。これらの苦しみが、人界の苦しみとなり果てる。この憂き身の極みが、辛く悲しうございます。

いまの寂光院のしずやかさとは、打ってかわった凄惨さです。まさに生きながら目にした地獄です。しかし、それでもなお、これはこの世の境界のこちら側です。ここでは、寂光院とは逆に、何でも起こる。この世の苦しみのうち、起こらないことは一つもない。先に引いた詞章との、なんという対照ぶりでしょうか。

いつか還幸のときとなり、法皇は御輿にのって寂光院をあとにします。つまり、この世の境界のうちへと帰って行くのです。柴の戸口に立った女院について、地謡は「暫しが程は見送らせ給

ひて　御庵室に入り給ふ　御庵室に入り給ふ」と謡って留めとします。

この「御庵室に入り給ふ　御庵室に入り給ふ」と、先の「なほ山深く入り給ふ　なほ山深く入り給ふ」とが、あの現世の凄惨さが語られるのを挟んで、何とみごとに呼応しあっていることでしょう。明るい柴の戸口から、また庵室に入って行くときは、山の奥へ入って行くときとおなじように、やはり陽光が減じて影が増すという、あのしずかな、何となしに茫然とさせるグラデーションの現象があるはずです。

おそるべき才能の作者であると思いますが、誰であるのか、いまなお不明とのことです。

花月《かげつ》

言葉遊びに興じるトリックスター

作者不明
シテ　花月／ワキ　僧／アイ　清水寺門前の者

トリックスターとしての少年僧

シテの花月は、人をおどろかす者、あわてさせる者、よろこばせる者、笑わせる者、つまりいわゆるトリックスター（いたずら者）です。最初から最後まで、こんなに愉快さでつらぬかれた曲を、私はほかに知りません。父と生き別れ、ついには劇的に出会うという物語の大枠があるのですが、それよりも、全篇に読める少年のふるまいの奇矯さや話芸のおもしろさのほうがつよい印象をのこす。その可笑しさ、愉しさにおいてめずらしい一曲です。

ここは都の清水寺。ちょうどいま、名高い桜が満開です。雑芸をなりわいとする花月がやって来ました。花月はこの寺につとめる喝食僧《かつしきそう》です。その言葉遊びを、登場したときの名乗りから引いてみましょう。

花月　抑《そもそも》是は花月《くわげつ》と申す者なり　ある人我が名を尋ねしに答へていはく　月は常住《じやうぢう》にして云ふに及ばず　さて花《くわ》の字はと問へば　春は花《はな》夏は瓜《うり》　秋は菓《このみ》冬は火《ひ》　因果《いんぐわ》の果《くわ》をば末期《まつご》まで　一句のためにのこすといへば　人これを聞いて

地謡　さては末世の香象《かうそ》なりとて　天下に隠れもなき　花月と我を申すなり

花月　そもそもこれは花月という者である。ある人、我が名のいわれをたずねるに、月は過去・現在・未来にわたって不変のものであるから、いうまでもない。しかし「花」は、と問うので、これは「月」とは逆に、春なら花、夏なら瓜、秋なら菓、冬なら火、と時に応じて変化する。ただし因果の果という字は、私の悟りを開く末期の一句のためにのこしてある、というと、その人、これを聞いて、／地謡　さては末世にはめずらしい、開祖と呼ばれるほどの高僧よとおどろいた。それほどに高名な、花月という僧なのだと私のことをいうのだよ。

自分の名の「か」について、春は花、夏は瓜、秋は菓、冬は火――と弁じるのは、たんに花月の頓知をみせているばかりではありません。まさに民話や神話などで、そのときによってどんなものにも転化・変身し、人を惑乱させるトリックスターの血を感じさせます。桜の花を散らす鶯一羽に「履いたる足駄を踏ん脱いで」と力んでみせる花月のふるまいについても、その可笑しさをあらわす一節を引いてみます。

門前の者　あれ御覧候へ　鶯が花を散らし候よ

花月　実《げ》に実に　鶯が花を散らし候よ　某《それがし》射《い》て落し候はん

門前の者　急いであそばし候へ

花月　鶯の花踏み散らす細脛《ほそはぎ》を　大長刀《おほなぎなた》もあらばこそ　花月が身に敵《かたき》のなければ　太刀刀《たちかたな》は持たず　弓は的射んがため　又かかる落花狼藉の小鳥をも　射て落さんがためぞかし　異国の養由《やういう》は　百歩《はくぶ》に柳の葉を垂れて　百《もも》に百矢《ももや》を射るに外《はづ》さず　我はまた花の梢の鶯を　射て落さんと思ふ心は　その養由にも劣るまじ　あら面白や

地謡　それは柳これは桜　それは雁《かり》がねこれは鶯　それは養由これは花月　名こそ替はるとも　弓に隔てはよもあらじ　いで物見せん鶯とて　履いたる足駄《あしだ》を踏《ふん》脱いで　大《おほ》口《くち》のそばを高く取り、狩衣《かりぎぬ》の袖をうつ肩ぬいで　花の木陰に狙ひ寄つて　よつぴき

ひやうと　射ばやと思へども　仏の戒《いまし》め給ふ　殺生戒《せつしやうかい》をば破るまじ

門前の者　あれをご覧ください。鶯が桜の花を散らしていますよ。／花月　いやまったく鶯が花を散らしているじゃないか。私が弓で射て落としてやろう。／門前の者　早いところお願いします。／花月　鶯が花を散らした細足を切ってやろうと思うが、大長刀があるわけもなし。花月の身には敵もなく、太刀刀など持ってはいない。おお、弓は的を射るため、またこのような狼藉者の小鳥をも射て落とすためのもの。楚国の弓の名手、養由は、百歩離れたところに柳の葉を垂らし、百の葉を百の矢で射て一本も外さなかったという。この私がいざ花の梢の鶯を射て落とそうと思う心は、その養由に劣るものではない。ああ面白いじゃないか。／地謡　あちらは柳、こちらは桜。あちらは雁、こちらは鶯。養由に、花月。射る相手もちがい、射手も替わるとはいえ、弓に隔てがあるじゃなし。いざものみせん鶯とて、履いた足駄を脱ぎ捨てて、大口袴の裾を高くまくり、狩衣の袖を肩脱ぎし、花の木陰に寄って狙いをすまし、よくよく引いて、ひょうと射よう……とは思えども、仏の戒めなさる殺生戒をば破るまい。

じつは花月がこのように「春は花、夏は瓜……」などといって人を笑わせたり、たかが桜の花に飛んできた鶯一羽を追い払うのに、大長刀はないかとか、「履いたる足駄を踏ん脱いで」などと張り切りながら弓で射ようと大口をたたいたりしているとき、ちょうど清水寺には、かつて筑紫の彦山で生き別れになった父親が花月をさがしに来ていました。

遊芸の旅人

別れた親子の再会は、それだけで謡曲の立派な主題となります。涙なしにはすみません。とくに花月の父親は出家までして、諸国を行脚しながら花月の行方を追っていたのでした。ところがその重い、しかしルーチンな主題を、花月はあたかも何事でもないかのように空無化してしまうのです。心にもないとはいいませんが、「逢ひ奉るうれしさよ」などというときの、あえて形式的な表現をつかう可笑しさをみてください。

大江健三郎さんの『M／Tと森のフシギな物語』に、つぎの一節があります。「自分はひとつ所にとどまるとゴタゴタを引き起こしてしまうか、ゴタゴタのたねになるかする。しかし人びとの間を歩き廻っているかぎりでは、平和をもたらすことができる。自分はそういうトリックスターだ」

花月は清水寺にいるいまも、まるで風船玉の如く「ひとつ所に」じっとしていられません。幼少のときの別離というのも、天狗とともに全国の山々を経廻っていたのでした。それを語る言葉のおもしろさと、なんとも調子のよいリズム。「まづ筑紫には彦の山。深き思ひを四王寺《しわうじ》。讃岐には松山　降り積む雪の白嶺。さて伯耆には大山　さて伯耆には大山。丹後丹波の境なる　鬼が城と、聞きしは　天狗よりも恐ろしや。さて京近き山々　さて京近き山々。愛宕の山の太郎坊……」。読めば心がはずんできますが、これがなんと再会した父親に、別れてからの山廻りを語る部分なのです。別離していた歳月の悲しさなどなく、むしろ自分の話芸を愉しんでいるようではありませんか。

花月とは、家庭という「ひとつ所に」いる人ではないのでしょう。遊芸の旅人という言葉を思いおこします。

通小町《かよいこまち》

情欲という人間の本源の一つに迫る

観阿弥作
シテ　深草少将の霊／ツレ　小野小町の霊／ワキ　僧

「犬となる」とはなにか

二つの掌篇小説をつづけて読むかのようです。前半は里女（じつは小野小町の霊）と僧との対話が主で、後半にはじめてシテの深草少将が登場し、小町に愛欲の妄執を語りかける。その二層的な構成が変化に富んでいます。

ここは比叡山の西のふもとにある八瀬の山里。一夏《いちげ》、すなわち夏のあいだ九十日間の座禅修行をする僧のもとに、日をおかず木の実を供えにくる里女がいます。落椎《おちじい》、柿、笹栗、梅、桃、蜜柑、橘《たちばな》……。彼女の名をたずねる僧に「小野とはいはじ薄《すすき》生《お》ひたる、市原野辺《いちはらのべ》に住む姥《うば》ぞ、あと弔い給へ御僧」と言いのこして女は去ります。

市原野辺に出かけた僧を迎えたのは、かの小野小町の霊でした。小町はよろこんで僧の弔いを受けますが、そこに深草少将の霊があらわれ、小町の成仏を引きとどめようとします。少将はまだ死後の地獄で苦しんでいます。小町一人だけが成仏するのを許すわけにはいかない。もう帰ってくれと、僧を追い返そうとします。

そのあとを引きます。

地謡　猶《なほ》もその身は迷ふとも　猶もその身は迷ふとも　戒力《かいりき》に引かれば　などか仏道ならざらん　只《ただ》共に戒《かい》を受け給へ

小町　人の心は白雲《しらくも》の　我は曇らじ心の月　出でてお僧に弔はれんと　薄《すすき》おし分け出でければ

少将　包めど我も穂に出でて　包めど我も穂に出でて　尾花《をばな》招かばとまれかし

小町　思ひは山の鹿《かせき》にて　招くと更にとまるまじ

少将　さらば煩悩《ぼんなう》の犬となつて　打たるると離れじ

地謡　なおもその身は迷いのうちにあっても、受戒することで、どうして成仏できないことがありましょう。ただ小町とともに少将も仏戒をお受けなさい。／小町　少将の心は知りませんが、私の心の月は曇っていません。出て行ってお僧の回向を受けようと、薄を押し分けてきたのですから。／少将　自分も隠れていたけれど、こうして出てきたのは、おまえを招いて受戒をとどまってもらうためだ。／小町　私の思いは山の鹿とおなじ。いくら招かれても、この思いはとまりません。／少将　それなら煩悩の犬となって、たとえ打たれようがおまえから離れはしない。

右のうち、私の目を引くのは、最後の一行「さらば煩悩の犬となつて　打たるると離れじ」です。はげしい情欲について、あまりきれいな言葉ではありませんが、私たちは「犬畜生のようだ」などといいます。しかし、この言葉はあまりにも使われすぎ、ほんとうは内在させているはずの毒がもはや薄まっているのではないか。

犬となる、というのは、たんに劣情めくことではない。また、風俗的に乱れたといった程度のものでもない。そんなきれいごとではすまないのです。

それを徹底的に追究したのが小説家の中勘助で、まさに『犬』という小説で、人間が「犬となる」ことの根源的な意味を、肉体と魂のすがたを、焼いたナイフのような熱い言葉で書きつけたのでした。軽い気分で読もうとすると火傷《やけど》を負う小説です。

十一世紀のはじめ、印度のある町に一人の印度教の苦行僧がいました。牛の爪で五体をかきむしり、体中、腫物と瘡蓋と蚯蚓《みみず》腫れとひっつりだらけで、膿汁と血をだらだら流している老齢の僧です。

この僧が、近くに住む若い女に狂ったのです。呪術によって女を犬に変え、みずからも犬となって、犬の夫婦になるのです。その情欲の日々の描写がすごい。いやがる妻を、夫は間がな隙《すき》がな、かきくどきます。「どうでも思いきれぬのじゃ。わしは気のちがうほどに思うている。……の、すこしは察してくれよ。その思いをはらすにはそなたを抱くよりほかはないのじゃ。……ふるうほどせつないのじゃ。の、そなたも木や石ではないじゃあろ。察してくりゃれ」。じっさい、ついに妻は夫から「わる臭い黒血」をだくだくと体に注ぎこまれることになります。

深草少将が「さらば煩悩の犬となつて」という。その詞章を読むとき、私はその犬のイメージくらいの強烈さを受けとってもいいのではないかと思います。

人が犬になるとは、しかし人から犬に堕ちるのではない。犬でもある人になることです。あるいは人でもある犬になることです。つまり社会を知らない犬の牙（＝自然）と、人の底知れぬ情欲との両方をあわせもつことになる。そこがおそろしい。

恋がひきおこす本源的なこわさ

謡曲では、先に引いた詞章のあと、かつて小野小町が深草少将に約束したという、百夜通えば願いをかなえようという「百夜通い《ももよがよ》」のありさまを、深草少将が演じてみせます。笠に蓑をつけ、竹の杖はつきますが、小町を思いながら何も履かず、はだしで通うのです。月のある夜は暗くない。雪の夜は、雪のふりかかる袖をふりはらう。雨の夜は、「鬼に一口でくわれる」おそろしさ。曇っていなくても、涙の雨がふる。待つ身ではあった小町も語ります。

小町　夕暮は　一方《ひとかた》ならぬ思ひかな
少将　夕暮は何と
地謡　一方ならぬ思ひかな
少将　月は待つらん月をば待つらん　我をば待たじ空言《そらごと》や
地謡　暁は　暁は　数々多き思ひかな
少将　我為《わがため》ならば

地謡　鳥もよし鳴け　鐘も只《ただ》鳴れ　夜も明けよ　ただ独寝《ひとりね》ならばつらからじ

小町　夕暮れは、一方でない思いのするもの。／少将　夕暮れがどうしたって。／地謡　一方でない思いがするものです。／少将　物思いをするために月が出るのを待つのだろう。月をこそ待っているのだろう。私のことは待っていない。私のことで一方ならぬ思いがするなんて空言だ。／地謡　明け方はまた、数々の思いの多いもの。／少将　私のための思いではなかろう。私が早く立ち去るためならば、／地謡　朝の鳥も早く鳴け、朝の鐘も早く鳴れ、夜も明けよ。気苦労のない一人寝がしたい、ということだろう。

百夜通えば会ってくれるという小町の約束を信じ、深町少将は九十九夜まで通って果てました。右の詞章のそこかしこに噴き出る少将の怨みつらみが、私にはやはり中勘助の小説で「わしは気のちがうほどに思うている」という苦行僧の犬につながっていると思えます。観阿弥もまた、この曲を書きながら、中勘助のように、情欲という人間の本源の一つに、指先をたしかに届かせていたのではないでしょうか。

砧《きぬた》

「風狂じたる心地」のひめやかさ

世阿弥作

シテ　蘆屋の妻の亡霊（前は蘆屋の妻）／ツレ　侍女の夕霧／ワキ　蘆屋某

狂いへと高潮する音のドラマ

世阿弥による名曲中の名曲です。都にいる夫を思いながら、手なぐさみに打ちはじめた砧の音。そのひびきが怨みとともにだんだん高潮し、その痛切さの頂点で、思いもしない知らせが都から届く――。

中世にはしばしばあったそうですが、訴訟ごとで都に上る。九州蘆屋の何某も、訴訟の用で、在京したまま三年も帰らない。古里にのこした妻のことが気にかかり、都へ伴ない連れていった侍女の夕霧を、国もとに帰すことにします。今年の暮には必ず帰るから、妻にそう申し伝えよ、と。

夕霧を迎える妻の「いかに夕霧珍しながら怨めしや」という言葉が微妙です。そのあとに「などや音づれ無かりけるぞ」、どうして便りくらい寄越さないのか、といいそえていますが、それだけの怨みとは思えません。

夕霧は夫とともに都に行き、三年もともに暮らして夫の世話をしている女です。夫の匂いのまつわりついた女です。はなやかな都の空気までただよわせています。「怨めしや」ということばに、嫉妬の思いがこめられていないことはないはずです。

なおも口惜しさをいいつのる妻の耳に、ふと聞こえてくる砧の音。妻は、唐土で胡国に抑留された蘇武のため、その妻や子が蘇武の旅寝の夢にも届けと砧を打ったという故事を思い出し、自分も砧を打って心をなぐさめようとします。ところが、なぐさめられるどころか——。

蘆屋の妻　いざいざ砧うたんとて　馴れて臥猪《ふすゐ》の床《とこ》の上
　夕霧　涙かたしく狭筵《さむしろ》に
蘆屋の妻　思《おもひ》をのぶる便《たより》ぞと
　夕霧　夕霧立ちより諸共《もろとも》に
蘆屋の妻　怨の砧
　夕霧　うつとかや

地謡　（略）
八月九月《はちげつきうげつ》　実《げ》に正に長き夜　千声万声《せんせいばんせい》の　憂きを人に知らせばや　月の色風のけしき　影におく霜までも　心凄き折ふしに　砧の音夜嵐《よあらし》　悲しみの声蟲《むし》の音《ね》　交りて落つる露涙《つゆなみだ》　ほろほろはらはらはらと　いづれ砧の音やらん

蘆屋の妻　さあ砧を打とう、夫と馴れ臥した床の上に砧をおき、／夕霧　涙にぬれた片袖はしとねに敷いて、／蘆屋の妻　思いを晴らすたよりにもと、／夕霧も立ち添い、もろともに、／蘆屋の妻　怨みをこめて、／夕霧　砧を打つ。／（略）／地謡　八月も九月も、まことまさしく秋の夜長、砧を打つ千の音、万の音で、このつらい心をあの人に知らせよう。月の色、風のおもむき、月光のもとの霜までも、ぞっとするほど荒涼としたこのとき、砧の音も、夜嵐の声も、悲しみに泣く声も、草にすだく虫の音も、露も涙も、ほろほろ、はらはらはらと、あらゆる秋の音が入りまじって、いったいどれが砧の音だろう。

まじりあい、ひびきあう秋の音は、妻をほとんど狂いへと昂揚させていきます。「砧」は、狂気をにじませる音のドラマです。たとえば「富士太鼓」という曲にも、そうした面があります。

富士という名の楽人が、内裏での舞楽の役争いで、浅間という名の楽人のねたみを買って討たれてしまう。富士の行方をたずね、都へ上って凶変を知らされた妻と娘は、形見の装束を渡されるのですが、その装束を身につけた妻は、太鼓こそ夫の敵とばかり、娘と声をかけあって太鼓を乱れ打ちに打つ。そこにも人を狂いへと昂揚させる音響の劇がありました。

死をさそう悲しい「風」

砧は楽器ではありませんが、秋の夜嵐のなかで、妻の心をすさまじいまでに乱れさせるひびきを発しつづけます。

そこへ、突然、夫からのなんとも残酷な知らせが届きます。

夕霧　いかに申し候　都より人の参りて候が　この年の暮にも御下《おんくだ》りあるまじきにて候

蘆屋の妻　怨《うら》めしやせめては年の暮をこそ　偽《いつはり》ながら待ちつるに　さてははや誠に変り果て給ふぞや

地謡　思はじと思ふ心も弱るかな　声も枯野の蟲《むし》の音《ね》の　乱るる草の花心　風狂《かぜきやう》じたる心地して　病《やまう》の床《ゆか》に伏し沈み　つひに空しくなりにけり　つひに空しくなりにけり

夕霧　申しあげます。都から使いの者が来ていうには、今年の暮にもお帰りにならないとのこと。／蘆屋の妻　なんと怨めしい。せめて、この暮には帰るものと、偽りだろうとは思いながらも待っていたものを。さては、もうほんとうに心変わりなさってしまったのか。／地謡　そうは思うまいと思う、その心がもうすっかり弱ってしまった。泣きつかれた声もかれ、枯野の虫の音のよう、乱れた草々の花のように萎えた心。風に狂い乱れた心地がして、病いの床につき、妻はとうとう空しくなってしまいます。

これが前半のラストで、後半すぐに夫が帰郷するのですが、死んだ直後に帰ってくるだけに、右の「風狂じたる心地して」というフレーズは、ふかく悲しく身にしみます。砧を打って昂揚したあとであるだけに、その死のしずやかさ、哀れさが、いっそうに印象的です。人知れぬ、孤絶の果ての死といってもいい。しかしこの「風」とはなんでしょうか。「風邪」としている注釈書もありますが、私はまさしく「風」そのものと読みたい。

ある辞書で「風」を引くと、「中国古代の『風』は、大気の物理的な動きとともに、肉体に何らかの影響を与える原因としての大気、またその影響を受けたものとしての肉体の状態を意味した」とあります。日本でも、古くから、鎌風とか鎌いたちとかいって、皮膚をも裂く不吉な風が吹くことがあるとされています。

夫を恋し、怨む妻の全身を、その悲嘆の高まりのうちに、死をさそう風がひそやかに包んだのではないでしょうか。

絃上《げんじょう》

中世びとの音感の繊細なたのしさ

河上神主作か
シテ　村上天皇（前は老翁）／ツレ　藤原師長／前ツレ
老女／ワキ　師長の従者

塩屋の老夫婦の絶対音感

まさか謡曲で「絶対音感」のテーマに出合うとは——。日本の古代・中世の人々の音楽嗜好に、きわめて繊細微妙なものがあったのが想像できるとともに、洋の東西を問わない音楽のたのしさをも感じさせられます。

絃上とは琵琶の名器の名で「玄象」とも表記し、曲名は観世流にかぎって「玄象」のほうを採っています。

はじめに登場するのは、太政大臣の藤原師長《もろなが》と、その従者。師長は琵琶の名手で、もはや日本ではその技を極めたと考え、唐土に渡って秘曲を学ぼうと思い立ちます。旅の途次、須磨の浦に立ち寄った師長と従者は、老夫婦の住まう塩屋に宿を借りました。夜長の無聊をなぐさめようと、師長が琵琶を弾きはじめます。

そこへ雨が降ってきて、雨音を邪魔に思った師長はいったん弾くのを止めます。そのとき、塩屋の老夫婦はなんともおどろくふるまいに出たのでした。

老翁　や　何とて御琵琶《おんびは》をば遊ばし止《と》められて候ぞ
従者　さん候　村雨《むらさめ》の降り候程に　さて遊ばし止められて候
老翁　実《げ》に村雨の降り候ぞや　如何に姥《うば》　苫《とま》取り出だし候へ
師長　それは何の為にて候やらん
老翁　苫《とま》にて板屋《いたや》を葺《ふ》き渡し　静《しづか》に聴聞申さんと
　　　（略）
従者　如何に主《あるじ》　かほど漏らざる板屋《いたや》の上を、何しに苫《とま》にて葺《ふ》きて有るぞ
老翁　さん候　只今遊ばされ候ふ琵琶の御調子は黄鐘《わうしき》　板屋《いたや》を敲《たた》く雨の音は盤渉《ばんしき》にて候程に苫《とま》にて板屋《いたや》を葺《ふ》き隠し　今こそ一調子《いってうし》になりて候へ

老翁　おや、どうして琵琶をお止めになりましたか。／従者　いや村雨が降ってきたので、それで弾くのをお止めになった。／老翁　たしかに村雨が降ってきましたな。なあ婆さん、苫をもって来なさい。／師長　それは何のためです。／老翁　苫で板葺きの屋根を葺きわたし、しずかに琵琶を聴聞申し上げようと、／（略）／従者　さて主、このように漏らない板葺きの屋根を、どうして苫で葺いたのか。／老翁　ええ、ただいまお弾きになった琵琶の調子は黄鐘で、板屋をたたく雨の音は盤渉なので、苫で葺いて板を覆い隠しました。これでいまは調子が一つになったはず。

苫《とま》というのは、小さな家屋の屋根を葺いたり、和船の上部を覆ったりするために、菅《すげ》や茅《かや》などを編んだもののことです。塩屋の屋根は板葺きになっているので、雨音がやや高い。それで老夫婦は屋根の上に苫を覆って、音調をかえるのです。

それについて塩屋の老翁のいうことがまた、ただごとでない。師長様のお弾きになっている琵琶の調子は黄鐘《おうしき》で、屋根の板をたたく雨音は盤渉《ばんしき》なので合わない、と。黄鐘も盤渉も、それぞれ十二律の一つで、黄鐘は洋楽でいうとイ音、盤渉はロ音に近いとされます。だから微妙なずれがある。苫で覆うことで、雨音も琵琶とおなじ黄鐘になる——。汐汲みの老人がそう言ったので、師長たちもびっくりするわけです。

私は最相葉月さんの書いた『絶対音感』に出てくるミュージシャン矢野顕子さんのことばを思い出しました。引いてみます。「楽音以外の音がドレミに聴こえることはしょっちゅうありますよ。たとえば、電車が枕木を越すときに鳴るカランコロンという音が、ラミー・レドーだったとかね。そういうことはずっとあります。でも、とらわれているという感じは全然ない。楽しいですからね」

音感に遊ぶ

もちろん絶対音感というのは西洋音楽から来た術語ですが、右の矢野顕子さんのことばを読み、あらためて塩屋の老夫婦の音感を考えると、いったい、この矢野さんの例と老夫婦の例とのどこがちがうのかと思えてきます。おなじではないか。師長たちのおどろきも、まっすぐに理解できます。

師長たちは、この老夫婦のことを、「心にくしや琵琶琴を、いかで弾かで有るべき」（憎いほどすぐれた人たちではないか、ご自分たちも琵琶や琴を弾いていないわけがない）と思い、二人に演奏を所望しました。そのあとの詞章を引きます。

老翁　祖父《おほぢ》は琵琶を調《しらむ》れば
老女　姥《うば》は琴柱《ことぢ》を立て竝べて
地謡　撥音爪音《ばちおとつまおと》　ばらり　からり　からりばらりと　感涙もこぼれ　嬰児《えいじ》も躍るばかりなり
や　弾いたり弾いたり面白や
師長　師長《もろなが》思ふやう
地謡　師長思ふやう　われ日の本にて　琵琶の奥儀を極めつつ　大国《たいこく》を窺《うかが》はんと　思ひしことのあさましさよや　まのあたり　かかる堪能《かんのう》有りける事よ　所詮渡唐《しよせんとたう》を止《とど》まらんと忍びて塩屋を出で給へば　それをも知らで（略）

老翁　爺は琵琶を調律すれば、／老女　婆は琴柱を立て並べ、／地謡　琵琶の撥の音、琴の爪の音が、ばらり、からり、からりばらりと、みごとに奏され、感涙はこぼさせるし、幼児さえ踊りだすばかりに、さあ弾いたり弾いたり、なんと面白いこと。／師長　師長が思うには、／地謡　師長が思うには、自分はこの国で琵琶の奥義を極めたので、唐に渡ろうと思った。その思いのあさましさよ。まさに目のまえに、これほどの達人がいる。詮ずるところ渡唐などはやめようと、

ひそかに塩屋を出ていらっしゃると、老夫婦はそれにも気づかず、（略）

いかにも華やいだ部分です。とくに「撥音爪音　ばらり　からり　からりばらりと　感涙もこぼれ　嬰児も躍るばかりなりなりや　弾いたり弾いたり面白や」という詞章には浮き浮きさせられるではありませんか。そのみごとな奏しぶりにショックを受けた師長が、これほどの名人がいるのだから唐に渡るには及ばないと、恥じ入りながら、こっそり塩屋を出て行く。それに気づかず、老夫婦が演奏をつづけるのもたのしい。

ようやく気づいて、師長たちを引き戻した老翁が、じつは自分は村上天皇の霊であること、師長に渡唐をあきらめさせ、日本に留めるため、その夢のなかに出て、あのようなふるまいをしたのだ、ということを述べます。要するに、一曲の中心にはそうした国家的な排他思想がありそうですが、ほんとうにおもしろいのは、板の屋根に苫を葺き渡したり、琵琶と琴とを「ばらり　からり　からりばらり」と奏してみせる場面そのものだと思います。つまりは音楽だと思います。

右に引いた矢野顕子さんの「（絶対音感は）楽しいですからね」ということばなどもあらためて思いおこされるところです。

恋重荷《こいのおもに》

恋した男も恋された女も陥る邪淫地獄

世阿弥作
シテ　山科荘司（後はその幽霊）／ツレ　女御／ワキ　官人

残酷な恋の仕掛け

この曲に出てくる「重荷」は、しばしば恋における女の残酷の象徴のようにいわれます。しかし残酷なのは女ときまったものでもない。ここで男と女とを入れ替えてみても、物語は成り立つはず。恋の残酷は、男であろうが、女であろうが、普遍的な人間心理と思えます。作者の世阿弥はもちろん、そこまで見すえていたでしょう。

ここは白川院の御苑。山科荘司という老いた庭師が、あるとき、こともあろうに、ふと見かけた女御に恋をしてしまいます。女御といえば、とても手の届かぬ高貴な身分の人です。庭師に恋をされたと聞き、彼女はひどく残酷なことを思いつきました。あるいは官人の思いつきを、女御が認めたのかも知れません。いずれにせよ、大きな重石を美しい綾の織物で包み、いかにも軽そうにみえるものを作らせた。

この荷を持って庭をまわってみせたら、もう一度、私のすがたをみせてあげましょう――。持とうにも、持ち上がるようなものではありません。それでも、持ち上げて庭をまわったら、もう一度、おすがたを拝むことができる。重荷を持てぬまま、老人がついに憤死するまでのあたりを引きます。老人の心の葛藤を読んでください。

地謡　重荷なりとも逢ふ迄の　重荷なりとも逢ふ迄の　恋の持夫《もちぶ》にならうよ
荘司　誰踏みそめて恋の路
地謡　衢《ちまた》に人の迷ふらん
荘司　名も理《ことわり》や恋の重荷
地謡　げに持ちかぬる此身かな
荘司　夫《そ》れ及びがたきは高き山　思《おもひ》の深きは綿津海《わたつみ》の如し
（略）
荘司　重くとも　思ひは捨てじ唐国《からくに》の　虎と思へば石にだに　立つ矢の有るぞかし　いかに

も軽《かろ》く持たうよ。

（略）

荘司　あはれてふ　言《こと》だに無くは何をさて　恋の乱れの　束緒《つかねを》も絶えはてぬ

地謡　よしや恋ひ死なん　報はばそれぞ人心　乱恋《みだれごひ》になして　思ひ知らせ申さん

地謡　重荷といえども、お逢いできるまでの、恋を運ぶ人夫になろう。／荘司　いったいだれが、恋の道などを踏みそめて、／地謡　その道に世間の人々が迷うようになったのだろう。／荘司　その名も道理だ、恋の重荷とは。／地謡　じつに持ちかねる、この身であることだろう。／荘司　まったく及びがたいのは高い山、沈んでも沈んでも果てのない恋の思いは、まるで海のようだ。／（略）／荘司　重くとも、この恋の思いは捨てはしない。唐土で、一念、虎だと思えば、石にさえ矢が立ったという話があるそうだ。いかにも軽々と持ってしまおう。／（略）／荘司　いたわしいと、一言でもいってくだされば、恋の乱れをおさめられたものを。そのことばさえなく、望みも絶え果てた。／地謡　ままよ、恋に死のう。それで女御に報復できれば、それは女御の心の自業自得。女御の心を乱れ恋にして、思い知らせて差しあげよう。

このまえの場面で、老人がこのごろ庭を清める仕事を怠っていたのは、体調をくずしていたからだという説明があり、もともと体がよわかったのかも知れません。あるいは恋の病いに伏せっていたのかも知れませんが、いずれにせよ、持てない荷を持たされる老人の悲しみと怒りとに胸をうたれます。右の最後の詞章に「乱恋になして　思ひ知らせ申さん」とあるのは、死んで女御に憑依し、乱れ恋の苦しさを味わわせてやろうということです。
女御の残酷さもさることながら、この庭師の情念のふかさにも、なにか恐ろしいものがあります。

老人の恨みの頂点

庭師が空しくなったことを報告された官人は、さっそく、女御に知らせます。おどろく女御。そこからの詞章を引きます。一行目に、女御の詞章で「恋よ恋　我が中空《なかぞら》になすな恋」とありますが、「中空」とは、「いい加減なさま」をいいます。

女御　恋よ恋　我が中空《なかぞら》になすな恋　恋には人の死なぬものかは　無慙《むざん》の心やな
官人　是はあまりに忝《かたじけな》き御諚《ごぢゃう》にて候　はやはや立たせおはしませ

女御　いや立たんとすれば磐石《ばんじやく》に押されて　更に立つべきやうもなし
地謡　報いは常の世の習ひ
（略）
荘司　重荷といふも思《おもひ》なり
地謡　浅間の煙あさましの身や　衆合地獄《しゆがふぢごく》の重き苦《くるし》み　さて懲り給へや懲り給へ

女御　恋よ恋よ、軽はずみにするな私の恋よ、恋のために人は死なないか。死ぬものだ。なんとむごかった私の心よ。／官人　これはあまりにもったいないおことばです。さ、早くお立ちください。／女御　いや立とうとすると、磐石のようなものに圧されて、立とうにも立てないのです。／地謡　報いはきまってこの世のならい。／（略）／荘司　重荷というのも、「思い」ということばから来ているのだ。／地謡　浅間山の燃える火のあげる煙。ああ、あさましい方よ。衆合地獄の手ひどい苦しみを苦しんでおられる。さあ、懲りてくださいませ。

老人の怨霊は、さっそく取りついているようです。女御が立とうとしても立てないのは、例の重荷を女御の背にもかけているせいでしょう。ここは老人の恨みが頂点に達しているところです。

衆合《しゅごう》地獄というのが出てきますが、これは八大地獄のうち、第三地獄のこと。殺生や偸盗《ちゅうとう》や邪淫をおかした者が堕ちるところで、鉄山におしつぶされたり、大石につぶされたり、臼のなかでつかれたりする苦しみを受けるといいます。

いま、女御はその地獄に堕ちている。まさしく生前の老人が、庭で重荷を負って受けたのとおなじ苦しみを味わっています。女御は「恋には人の死なぬものかは」と悔やんでいましたが、死んでしまうだけではない。衆合地獄で受けるほどの苦しみが恋にはあるというのです。

しかし、右の詞章のあと、最後には、女御も救われます。地謡が「恋路の闇に迷ふとも、跡弔はば其恨《うらみ》は、霜か雪か霰か、終には跡も消えぬべしや」とうたっています。老人の恨みも、ついには解けて消えたのでした。これを老人の心やさしさとみるか、それとも、あくまでも女御に地獄を味わわせた老人の執念を畏れるべきか。

読みようによって、人の情念もさまざまなあらわれかたをするのでしょう。

三笑《さんしょう》

悠々閑々たる大笑いが湧きおこる

作者不明
シテ　慧遠禅師／ツレ　陶淵明／ツレ　陸修静

絵のテーマを劇にするおもしろさ

これは異色の一曲でしょう。このテーマをどうして謡曲にしようと発想したのか、私はふしぎで仕方がない。そして、とてもたのしい。虎渓の三笑といえば伝統的な画題の一つとされているものです。

このあいだも京都国立博物館で開かれた曽我蕭白展で、「虎渓三笑図」を見てきました。縦が一メートル三十二センチ、横が五十六センチ。すばらしい構図でした。右側の半分以上を縦割りにするかのように、廬山《ろさん》がけわしくそびえています。左下に、やはりその峨々たるさまを、びっくりするほど大胆に描いた懸崖があって、そこが虎渓と呼ばれる渓谷でしょう。小さな橋がかかり、橋の上では三人の賢人が別れをかわしています。その上方に描かれた館が、慧遠《えおん》禅師がそこに移り住んで修行につとめたという白蓮社でしょう。

つまり絵にはなりますが、それを謡曲として劇化するとは——。よほど飄逸な精神をもつ作者だったのではないでしょうか。

謡曲には、この白蓮社を陶淵明《とうえんめい》と陸修静《りくしゅうせい》が訪ね、三人で清談をたのしみながらの酒宴のあと、橋をわたって帰って行くところが書かれています。

慧遠禅師は、晋の人。廬山のもとに十七人の知識人(慧遠自身をあわせ、「十八の賢」と呼ばれます)をはじめ、数百人ともいわれる隠者を糾合し、白蓮社という結社をつくりました。その白蓮社で、西方浄土を念誦する日々を過ごしています。

あるとき、夜のほのぼのと明けそめるなか、陶淵明と陸修静が連れ立ち、二人してうたいながら白蓮社へと向って来ました。

淵明
修静　頃もはや　霜降月《しもふりづき》の曙に　霜降月の曙に　野山の草の色もはや　散るもみぢ葉に移ろひて　枯野になれど白菊の　花はさながら紅の　八入《やしほ》に見ゆるけしきかな　八入に見

　ゆるけしきかな
淵明　如何にこの草庵に慧遠禅師《ゑをんぜんじ》の渡り候か　陶淵明陸修静《たうゑんめいりくしゆせい》これまで参りて候
淵明 修静　（略）
　二人《ににん》は共に拝《はい》をなし
地謡　廬山《ろさん》のさかしき石橋《しやくけう》を　心しづかに渡りつつ　巌《いはほ》に腰をかけ　瀑布《ばくふ》を眺め給へり　三千世界は眼《まなこ》に尽き　十二因縁《いんえん》は心の内に際《きは》もなし

淵明と修静　季節もはや十一月になり、その曙に野山の草の緑は散りはじめた紅葉葉の色に移ろい、野は枯野となっても白菊は霜で紅に染まり、まるで何度となく染汁に染めた色のように美しい。／淵明　もうし、この庵に慧遠禅師がおられましょうか。陶淵明と陸修静が参上いたしました。／（略）／淵明と修静　二人はそろって慧遠に礼拝をし、／地謡　廬山のけわしい石橋を、心を静めて渡りながら、巌に腰をおろし、滝のすがたをながめなさった。見渡すかぎりの世界はことごとく目にひろがり、現世の一切の因果は、心の内に果てなく消えてしまうものだ。

そうして慧遠にあいさつしたあと、三人でたのしく問答をかわすと、「もとより琴詩酒の友なれば」と、さっそく酒盛りがはじまります。その語らいのうちに、陶淵明と陸修静それぞれの紹介が織りこまれます。たとえば陶淵明は、彭澤県の県令となったものの、公職にあることわずか八十余日、さっさと退官して去ってしまったこと。昼夜、酒を好んで松菊を愛したこと、などなど。また陸修静は、宋の明帝のとき、不老長寿の仙法を学んで陸道士と称し、のちにはやはりこの廬山に建てられた簡寂観という館に隠居したということ。

ともあれ淵明も修静も、虎渓の十八賢にも劣らぬ、天下にこの人ありとうたわれた才人であったことなどが、盃で「不老不死の薬の泉」を汲みかわしながら、たがいを讃えあうように、あくまでも風雅に語られるのです。

そして、いつしか夜明けとなって――。

大笑いの「事件」

考えてみれば、陶淵明と陸修静とが慧遠禅師をたずねたのは、夜のしらじらと明けてくる頃でした。それから長々と飲みながらの清談になって夜を迎え、その夜がまた明けたのですから、つまり三人は二十四時間、飲みつづけだったのです。

かつて文学者の吉田健一が、酒飲みの理想について、「朝から飲み始めて翌朝まで飲み続けることなのだ」と書いていました。朝日をみながら開始し、昼光、夕日、月光をながめ、翌日の朝日を浴びるまで飲みつづける。それが最高の飲み方だ、と。

しかしそれだけ飲めば、ちょっとした「事件」が起きるのも当然だったでしょう。

地謡　（略）さす盃の廻《めぐ》る夜も　さす盃の廻る夜も　明くれば暮るるも白菊の　花を肴に立ち舞ふ袂《たもと》　酒狂《しゆきやう》の舞とや人の見ん
慧遠　萬代《よろづよ》を
地謡　萬代を萬代を　松は久しき例《ためし》なり　松は久しき例なり
慧遠　年を老松も　緑は若木の姫小松
地謡　四季にも同じ葉色の常盤木《ときはぎ》の　松菊を愛し　かなたこなたへ　足もとは泥々泥々《でいでいでいでい》と　苔むす橋をよろめき給へば　淵陸左右《ゑんりくさう》に介錯《かいしやく》し給ひて　虎渓を遙《はるか》に出で給へば　淵明禅師《ぜんじ》にさて禁足は　破らせ給ふかと一度にどつと　手を拍《う》ち笑つて　三笑の昔となりにけり

地謡　盃をめぐらせ汲みかわし、夜も明け、また日の暮れるのも知らずに飲んでいる。白菊の花を看に舞を舞い、あれこそ酒狂の舞よと人は見るだろう。／慧遠　萬代を。／地謡　萬代を。松はめでたく久しいもののしるし。／慧遠　老いたとはいえ、老松の緑はみずみずしく若木の姫小松とかわらない。／地謡　その緑は春夏秋冬かわらない。その常盤木と菊とを賞でながら、あちらこちらへ、足元をふらふらさせて歩いて行く。さすがに酔った慧遠が、苔むした石橋をよろめきなさると、淵明・修静が両脇をささえ、ついには虎渓をはるかに出てしまわれた。淵明は禅師に、おや、虎渓を出ないという禁足の誓いを破っておしまいかとからかい、三人一度にどっと手を打って大笑い。「三笑」の故事となったことだった。

白蓮社にこもって修行するため、虎渓は出ないという強靭な意志が、酔っ払って、あっさり破られたのでした。これは大事件！　しかしここで悔やむでもなく、反省するでもなく、二人の客と大笑いするのが、慧遠のいいところ。「一度にどつと　手を拍ち笑つて」という詞章の爽快さはどうでしょう。なんという心の自由でしょうか。

自然居士
じねんこじ

智恵と勇気で少女を救う青年僧の恰好よさ

観阿弥作・世阿弥改作
シテ　自然居士／ワキ　人商人／ワキツレ　同／アイ
里人／子方　女児

あっぱれな快男児ぶり

自然居士《じねんこじ》とは何者か。よく分かっていませんが、実在した説教遊芸者であるともいわれています。ともあれ、いたいけな少女が人商人《ひとあきびと》に連れ去られるのを命にかえても取り戻そうという、あっぱれな快男児ぶりに胸がすきます。たんに腕力があって、勇気に富んでいるだけではない。柔軟な人生知もあり、芸ごとも達者で、みごとに「ささら」や「かっこ」を奏して人商人たちの毒気を抜きます。じつに恰好いい。

ここは京都東山。雲居寺《うんごじ》の造営のため、自然居士が七日にわたって説法をしています。その最後の日にあたる今日、そこへ一人の少女が訪れて、亡き父母を追善するための諷誦文《ふじゅもん》と美しい小袖とをささげます。小袖は、両親の供養のため、貧しい少女が人買いに身を売ってこしらえたものでした。

一方、人商人たちは説法の場に来て少女を奪い、舟にのせます。それを知るや、自然居士は説法を打ち切って、ただちに舟へと駆けつけます。大活躍のはじまりです。小袖は返すから少女を寄越せという自然居士を、しかし人商人は相手にしません。いったん人を買い取ったならば、ふたたび返しはしないのが、俺たち人商人にとっての大法《たいほう》だ。つまらぬ言いわけをする人商人に、自然居士が反逆するくだりを引きます。

自然居士　委細承り候　又我等が中にも堅き大法《たいほふ》の候　かやうに身を徒《いたづら》になす者に行き逢ひ若《も》し助け得ねば　再び庵室《あんじつ》へ帰らぬ法にて候程に　其方《そなた》の法をも破るまじ　また此《こ》方《なた》の法をも破られ申すまじ　所詮此者と連れて奥陸奥の国へは下るとも　舟よりは下《お》りまじく候

人商人　舟より御下りなくは栲訴《がうそ》を致さう

自然居士　栲訴といつぱ捨身《しやしん》の行《ぎやう》

人商人　命を取らう

自然居士　命を取るともふつつと下りまじい
人商人　何と命を取るともふつつと下りまじいと候や
自然居士　なかなかの事

自然居士　よく分かった。しかし、こっちにも堅い大法がある。そのように身を台なしにする者と行きあって、もし助けられないなら、二度と庵室には帰らないという法だ。そっちの法も破るまい。またこっちの法も破らせることはしない。つまり、この子といっしょに、たとえ奥陸奥のような遠国まで下ろうとも、舟から下りるなんてとんでもない。／人商人　舟から下りなければ痛い目をみるぞ。／自然居士　痛い目をみるのは、捨身の行と同じことよ。／人商人　命を取るぞ。／自然居士　命を取ろうとも、断じて下りることはない。／人商人　何だと、命を取ろうと断じて下りないだと。／自然居士　そうよ。そのとおりよ。

人商人のいう「栲訴《がうそ》」とは、罪人を肉体的に手荒く痛めつけること。そんな脅しを僧にとっては「捨身の行」などと涼しげにいってのけるのが、まずおかしい。
しかし、なんといっても、自然居士のいう「ふつつと（ふっつと）下りまじい」の「ふっつと」

という副詞が利いています。雨が降ろうが槍が降ろうが、断乎として——という感じでしょうか。強力な言葉です。ものを物理的に勢いよく断ち切るときにもつかわれるようです。たとえば「右のかいなを、ひぢのもとよりふっつと打ちおとす」というように、勢いと力とにみちた副詞です。ここでは、あくまでも舟から下りないこと（すなわち少女を救うこと）という一事のみに命を賭けていることが、雄々しい力感とともに伝わってきます。つまり「ふっつと」の一語に、自然居士の意力がぎゅっと詰まっているのです。

遊芸における機転と工夫

さすがの人商人たちも、心の内はたじたじでしょう。しかしそこは意地のわるい者たちのこと。ただで娘を返してしまうのは無念である。返してやるにしても、さんざん自然居士をなぶってからにしよう。

なぐさみに簓《ささら》をすってみよ。羯鼓《かっこ》も打ってみよ。舟のなかのことです。簓や羯鼓といった楽器などあるわけがありません。人商人たちの要求は、相手に屈辱を与えようというだけではない。意地わるく、できるはずもない無理難題を吹っかけて困らせてやろうというものでもあるのです。しかし自然居士は一枚も二枚も上手でした。

人商人　（略）とても事に簓《ささら》を摺《す》つて御見せ候へ
自然居士　さらば竹を賜はり候へ
人商人　折節《をりふし》船中に竹が候はぬよ
自然居士　苦しからず候　（略）ささらのこには百八の数珠　ささらの竹には扇の骨
（略）
人商人　とても事に羯鼓《かっこ》を打つて御見せ候へ
地謡　本《もと》より鼓《つづみ》は波の音　本より鼓は波の音　寄せては岸をどうとは打ち　雨雲迷う鳴神《なるかみ》のとどろとどろと鳴る時は　降《ふり》来る雨ははらはらはらと　小笹《をざさ》の竹の簓《ささら》を摺り　池の氷のとうとうと　鼓をまた打ち簓を猶《なほ》摺り　狂言ながらも法《のり》の道　……

人商人　いっそのことに簓を摺ってみせてもらおうか。／自然居士　それなら竹をくださいますように。／人商人　折りふし船中には竹がござらぬ。／自然居士　けっこう。（略）簓の子には百八の数珠をつかい、簓の竹には扇の骨をつかいましょう／（略）／人商人　それではいっそ、羯鼓を打ってみせてもらおう。／地謡　もとより鼓はないが、波の音が鼓のかわり。寄せては岸をどうと打ち、雨雲は迷って漂い、雷はとどろとどろ、そのときに降る雨ははらはらはら、小笹の竹にあたっては音を立て、池の氷にあたってはとうとうと音を立てる。鼓をまた打ち、簓をなおすり、戯れごとながらも仏の道……

簓とは、竹の先をこまかく割って束にしたもの。それを、ぎざぎざの刻み目をつけた簓子という棒にすって音を出す。羯鼓とは、木の筒の両端に革を張り、両手にもったばちで打ち鳴らす打楽器のこと。それらありもしない楽器を、自然居士は簓子には数珠を、簓には扇を代用してみせる。また、羯鼓のかわりには、波の音、雷の音、雨の音など自然の音のアンサンブルを聞かせてみせる。その機転と工夫のおもしろさ。

これもまた自然居士の恰好よさでしょう。人買いのつまらぬ戯れごとを、本物の戯れごとで圧倒する。もちろん身代の小袖と引きかえに、少女は連れて帰ります。

世阿弥の父、観阿弥らしい、芸事の遊び心をおもしろく生かした演劇性を読むことができます。

蟬丸
せみまる

孤立者同士のはかない出会いと別れ

世阿弥作か
シテ　逆髪／ツレ　蟬丸／ワキ　臣下

順逆が逆さまの世間の道理

現行の謡曲のなかで、その宿命的な惨酷さをみれば、この「蟬丸」こそ筆頭の曲でしょう。天皇の第四皇子でありながら、生まれながらの盲目のため、逢坂山に捨てられる蟬丸。おなじく第三皇女でありながら、髪の逆立って生えた狂女として、やはり都を出て彷徨する姉の逆髪《さかがみ》。この姉弟が、偶然のことに山中で出会い、しばしの語らいをしたあと、弟は残り、姉は去って行く。蟬丸は、説話などに典拠をもちますが、逆髪は謡曲作者の創作ともいわれます。それがほんとうだとすれば、なんと残酷な想像力でしょうか。

これやこの行くも帰るも別れつゝ知るも知らぬもあふさかの関――。蟬丸作として名高い歌ですが、臣下に連れられ、蟬丸はまさにその逢坂山に捨てられに行きます。臣下から手渡されるのは、雨露をしのぐための蓑と笠、歩くときにつかう杖のみ。ほかには、琵琶の名手といわれた人ですから、愛器を手放しません。

臣下が帰れば、この山中にたった一人です。幸いなことに、知人である博雅の三位が藁屋をしつらえてくれました。ふだんはそのなかで日々をすごします。

ある日、思いがけず、近くへ第三皇女の逆髪がさまよってきました。どんな報いがあったのか、もともと狂うまでに心が乱れ、緑の髪は、空に向かって逆さまに生《お》いのぼっています。やはり狂いながら、逢坂山まで迷い歩いてきたのでした。

子どもたちがはやしたてます。つづく詞章を引きます。

逆髪　（略）如何にあれなる童《わらんべ》どもは何を笑ふぞ　何我髪の逆《さか》さまなるがをかしいとや　実《げ》に逆さまなる事はをかしいよな　さては我髪よりも　汝等が身にて我を笑ふこそ逆さまなれ　面白し面白し　是等は皆人間目前《にんげんもくぜん》の境界《きやうがい》なり　夫れ花の種は地に埋《うづ》もつて千《せん》林《りん》の梢に上《のぼ》り　月の影は天にかかつて萬水《ばんすゐ》の底に沈む　是等をば皆何《いづ》れをか順《じゅん》と見逆《ぎやく》なりと言はん　我は皇子《わうじ》なれども庶人《そじん》に下り　髪は身上《しんしやう》より生《お》ひ上《のぼ》つて星霜を戴く

是皆順逆の二つなり

逆髪　（略）それ、そこにいる子どもらは何を笑う。何、私の髪の逆さまなのがおかしいのか。たしかに逆さまなることはおかしいよな。そうだ、私の髪よりも、おまえらの身で皇女の私を笑うことこそ逆さまだぞ。おもしろい、おもしろい。これらはみんな、人間の目のまえの世界にある。花の種は、地にうずもれながら、おびただしい林の梢にのぼる。月の影は、天空にかかりながら、満々たる水の底に沈む。これをばみんな、どれを順とみて、どれを逆というのか。私は皇女であるけれども庶民のなかに下り、髪は身から生え伸びて星空をいただく。これはいずれも順逆二つの道理をしめすものだ。

ふたりの姉弟は、それぞれに手放そうとしないものがあります。蟬丸は、琵琶がなければ生きて行けません。他方、逆髪が肌身からはなそうとしないのは、一つの哲理です。右の詞章に、「汝等が身にて我を笑ふこそ逆さまなれ　面白し面白し」という部分がありますが、これはたんに、平民のくせに皇女である私を笑うのは逆さまである、とのみいっているわけではありません。この世のすべてが、順逆を逆さまにしているという哲理を、彼女は長い逆境のうちに身につけているのでした。

たとえば、花の種です。地中へと下降しながら、また花と咲くために木の梢にのぼって行く。また月影もそうです。高い天にありながら、海や湖をみれば、水底ふかく沈んでいる。自分も皇女であるのに身分は下り、髪は下らずにかえってのぼる。すべてが逆さまではないか。

彼女はそういうのですが、必ずしも狂った台詞とは思えません。たしかに「面白し面白し」といってよい、この世の道理ないし逆理ではありませんか。

孤立の絶対性

さて蟬丸の弾く琵琶の音のなつかしさに、逆髪はふと藁屋に近づきます。一方、蟬丸も、外の物音に気づいて、戸を開きます。互いに現世のアウトサイドを生きてきた。その二人が出会うという、この曲の山場です。

しばらくの語らいのあと、話は蟬丸をとりまく寂しさのことになります。

蟬丸　たまたま事訪ふ物とては
地謡　峯に木伝《こづた》ふ猿の声　袖を湿《うる》ほす村雨の　音にたぐへて琵琶の音を　弾き鳴らし弾き鳴

らし　我音をも泣く涙の　雨だにも音せぬ　藁屋の軒のひまびまに　時々月は漏りながら　目に見る事の叶はねば　月にも疎く雨をだに　聞かぬ藁屋の起臥《おきふし》を思ひやられて痛はしや

蟬丸　たまたまに訪ねてくるものといえば、／地謡　峰の木を伝ってくる猿の声、衣の袖をぬらす村雨。その村雨の音になぞらえてと思い、琵琶の音を弾き鳴らす。しかし私が声をあげて泣くにせよ、雨は藁で葺いた屋根に音も立てない。軒のすきまからはときに月光が漏れてくるが、目に見ることはかなわない。こうして月影にもうとく、雨の音すら聞こえない藁屋の暮らしを思うと、我が身ながら痛々しいことだ。

社会的な孤立にも、集団的な孤立と、非集団的な孤立とがあります。政治的、宗教的、もしくは文化的な集団のうち、いわゆる異端的とされるものがおかれるのは、明らかに前者の立場でしょう。孤立しているといっても、仲間はいるのです。

蟬丸には、おなじ孤立を生きる仲間はいません。山中の藁屋のすきまから、たとえ月がすがたをあらわしても盲目の蟬丸には見えず、また雨の音さえ聞こえない。非集団的な、絶対的な孤立といっていいでしょう。

もちろん逆髪もおなじことです。逆髪のほかに、逆髪の立場に自分を立たせることのできる人がいるでしょうか。しかも、蟬丸も逆髪も、もともと皇子・皇女です。雲より高い位置から、そこまで転落したことが、かれらの孤立の絶対性をいっそうきわだたせています。

語らいをおえて、立ち去るとき、逆髪のうたう詞章に、こんな一節があります。「実《げ》に痛はしや我ながら　行くは慰む方もあり　留《とま》るをこそと夕雲の――」。ほんとうに、我れながらいたわしい。外へ出て行く私には、なんとか慰みごともあるもの。内に留まる弟には、そんな慰みごともなく――。

別れをめぐって、こんなにもデリケートな、心遣いのある言葉がつぶやかれるのを、私は見るのも聞くのもはじめてのような気がします。

草子洗小町

そうしあらいこまち

プロットの巧みな「喜劇」の傑作

作者不明
シテ　小野小町／ツレ　紀貫之／ワキ　大伴黒主／子方
帝王

可笑しさを支える構成力

なんと可笑しくて、ほのぼのしていて、心楽しくなる曲でしょう。「草子洗小町」は喜劇的な謡曲の傑作です。しかし一読して分かるように、ユーモラスだから構成がゆるいなどとはいえません。モリエールの戯曲がいずれも緊迫したプロットで組み立てられているように、「草子洗小町」もまるで一個の建築物のようにかっきりとつくられています。ほんの一節も、むだにゆるんだ詞章などはみつかりません。

明日は内裏で歌合せがおこなわれます。華やかな催しですから、歌人はみんな懸命です。六歌仙の一人、大伴黒主の相手には、ライバルの小野小町が定まりました。さあ、小町はどんな歌をつくるのでしょうか。おどろいたことに、黒主は、小町の私宅に忍びこんで、明日詠まれる小町の歌を盗み聞きしてしまうのです。

歌は、「蒔《ま》かなくに何を種とて浮草の　波のうねうね生ひ茂るらん」。それを黒主はひそかに万葉集の草子に書きうつし、歌合せの場で帝に古歌であると訴え出ようという心算なのです。なんという悪だくみ！

さあ、めでたき御代の歌合せ当日。居並ぶ当代の歌人たちは、それぞれに歌を書きこんだ短冊を、歌の神様、柿本人麻呂と山部赤人の肖像のまえにささげます。まず帝より、「まづまづ小町が歌を読み上げ候へ」と命が下り、紀貫之によって、例の小町の短冊が朗々とうたいあげられ、帝も「この歌に優るはよもあらじ」とご満悦。

ここで黒主、いかにも重々しく、これが万葉集にもおさめられた古歌である旨を申し上げます。小町は仰天し、生きた心地もない。詞章を引きます。

小町　文字もかほどの誤《あやまり》は
黒主　昔も今も
小町　有りぬべし

地謡　不思議や上古《しやうこ》も末代も　三十一字の其内に　一字も変らで詠みたる歌　是萬葉の歌ならば　和歌の不思議と思ふべし　さらば證歌《しようか》を出だせとの　宣旨《せんじ》度々《たびたび》下りしかば　初めは立春《りしゆん》の題なれば　花も尽きぬと引き開く　夏は涼しき浮草《うきくさ》の　これこそ今の歌なりとて　既に読まんとさし上ぐれば　我身に当らぬ歌人さへ　胸に苦しき手を置けりましてや小町が心の内　ただ轟《とどろき》の橋打渡りて　危き心は隙《ひま》もなし

小町　文字のことでこんな誤りは、／黒主　昔にしても今にしても、／小町　たとえ上古であっても末代であっても、三十一文字のうち、ただの一字も変わらずに詠まれた歌というのはない。これがもし万葉の歌というなら、和歌のふしぎと思うべきでしょう。それなら証拠となる歌を出せという宣旨がたびたび下るので、（黒主は）万葉のはじめは立春の題であるし、また春の花の頃でもないし、と引き開いて行く。夏の涼しい浮草を詠んだところをさがし、これこそ今のうたであると（貫之に）差しあげたところ、自分にかかわりのない歌人さえ、苦しい胸を手でおさえる。まして小町自身の心のうちはといえば、とどろく橋を渡るような、不安な気持ちが途切れもしない。

南無三！　たしかに万葉集に書かれているではないか。歌道の大祖、柿本人麻呂も私を見捨てたかと、小町はなげきます。左右《そう》の大臣も、局々《つぼねつぼね》の女房たちも、みんなの視線が小町一人に集中する。茫然とする小町。ところが、その万葉の草子をとりあげてみれば、どうも行の具合が乱れている。文字の墨のつきかたも、ほかの歌とちがう。小町は、この草子を水で洗ってみたいと申し出ます。しかし万一、おなじ歌が万葉集にあったなら、いよいよ不面目なことになる。小町にとっては思い切った申し出なのですが、帝からも洗ってみよと仰せがあります。

帝の仰せとあれば、うれしさに涙もわきますが、玉だすきを肩にキッとむすび、清い流れをすくって、いよいよ草子を洗おうと――。

春の椿事のめでたい結末

ここであたかも間奏曲のように、「洗う」というテーマで、さまざまな言葉遊びが繰りひろげられます。天の川に洗ったのは、七月七日、かの牽牛・織女の衣。花色をした衣の袂には、洗ったあとにも梅の香がまじる。雁がねの翼は文字の数ほどあるが、跡を定めないので洗えない。時雨に濡らして洗ったのは、紅葉の錦。住吉のかの老松を洗ったのは、岸に寄せる白波……などなど。

いよいよ万葉の草子を洗うところを引きます。

地謡　（略）洗ひ洗ひて取り上げて見れば不思議やこは如何に　数々のその歌の　作者も題も文字の形も少しも乱るる事もなく　入筆《いれふで》なれば浮草の　文字は一字も　残らで消えにけり　有難や有難や　出雲住吉玉津島《いづもすみよしたまつしま》　人丸赤人《ひとまるあかひと》の　御恵《おんめぐみ》かと伏し拝み　悦《よろこ》びて龍顔《りようがん》にさし上げたりや

黒主　よくよく物を案ずるに　かほどの恥辱よもあらじ　自害をせんと罷《まか》り立つ

小町　ならうなら暫く　この身皆以て　その名ひとりに残るならば　何かは和歌の友ならん道を嗜《たしな》む志　誰もかうこそ有るべけれ

地謡　（略）よくよく洗って取りあげて、見ればふしぎなこと。これはどうでしょう。数々ある歌の作者も題も文字の形も、すこしも乱れてはいないのに、ただ、浮草の歌だけはあたらしく筆を入れたものなので、文字は一字ものこらず消えてしまった。ああ、ありがたい。これも和歌の神社、出雲・住吉・玉津島、そして和歌の神さま、柿本人麻呂・山部赤人の御恵みかと伏し拝み、悦んで天子さまに差し上げたのだった。／黒主　よく考えてみれば、これほどの恥辱はよもやあるまい。自害しようと退出する。／小町　ああお待ちください、黒主さま。和歌の栄誉をこの身だけで得るならば、どうして和歌の友といわれましょう。和歌の道をたしなむお志、だれでもこんなことをしてしまうものですよ。

和歌のことで自害におよぶなど、もってのほか。帝も寛大な心で、笑ってゆるします。黒主は座敷になおり、小町との遺恨も消え、列座のみんなが促すのは小町の舞。華やかな打衣や風折烏《え》帽《ぼ》子《し》をつけ、晴ればれと舞う小町のすがたが春の日にまぶしい。ラスト、「花の都の春ものどかに　和歌の道こそめでたけれ」と留めて一曲がおわります。春の椿事のめでたい結末です。たのしいながら、緊密な運びの一曲です。そもそもの事のおこりから、結末を迎えるまでのあいだ、作者はほんのわずかも手を抜かず、力をゆるめませんでした。ひょっとしたらモリエール劇よりも密度は高いかも知れません。

忠度

ただのり

桜のもとにただよう菌臭とは何か

世阿弥作
シテ　平忠度の亡霊（前は老人）／ワキ　僧／ワキツレ　従僧

朽ちゆくにおいの界域

死をテーマの芯にすえた曲です。もちろん多くの謡曲が死をメインテーマやサブテーマにしていますが、この曲ほどに美しく華やかに彩られた死を書いた曲はめずらしい。やはり中心的に存在する夜桜の花のせいでしょう。世阿弥みずから、名作「井筒」とともに評価する自信作です。

藤原俊成の御内にあった人が、俊成の死後、僧となって旅をします。西国行脚の途中に立ち寄ったのが須磨の浦でした。そこで一木の桜に手向けをする老人に出会います。旅僧と老人とがしばし語りあううち、あたりが暗くなってきました。

僧　如何に尉殿《じょうどの》　はや日の暮れて候へば　一夜の宿を御貸し候へ

老人　うたてやな此花の陰ほどの御宿の候ふべきか

僧　実《げ》に実に是は花の宿なれどもさりながら　誰を主《あるじ》と定むべき

老人　行き暮れて木《こ》の下陰《したかげ》を宿とせば　花や今宵の主ならましと　詠《なが》めし人はこの苔の下痛はしや我等が様なる海人《あま》だにも　常は立ち寄り弔ひ申すに　御僧たちはなど逆縁ながら弔ひ給はぬ　おろかにまします人々かな

僧　行き暮れて木の下陰を宿とせば　花や今宵の主ならましと　詠めし人は薩摩の守

老人　忠度と申しし人は　此一《この》の谷の合戦に討たれぬ　ゆかりの人の植ゑ置きたる標《しるし》の木にて候なり

僧　どうでしょう、ご老人。もはや日も暮れてきましたので、一夜の宿りをお願いできますか。／老人　なんとなさけないことを。この花のかげほどの宿がありましょうや。／僧　いやまったく。花の宿ではありますが、では誰を宿の主と定めましょう。／老人「行き暮れて木の下陰を宿とせば　花や今宵の主ならまし」と詠んだ人は、この苔の下。お痛わしい、わしらのような海人でさえ、常日頃は立ち寄って弔い申し上げているというのに、お僧たちはなぜ、直接の縁はなくとも弔ってくださらぬ。うかつな人々であることかな。／僧「行き暮れて木の下陰を宿とせば　花や今宵の主ならまし」と詠んだのは薩摩の守の――。／老人　忠度と申した人は、この一の谷の合戦に討たれてしまった。縁のある人が植えおいて、その亡き跡のしるしとしたのが、この桜の木なのだよ。

老人の去ったあと、僧は忠度の跡をねんごろに弔い、夜桜のもと、苔の上に敷物を敷いて旅寝をします。僧たちの旅での野宿はほかの謡曲にも出てきますし、これが格別なことではないかも知れません。しかし、私はふかく惹きつけられるものを、この情景に感じます。あたりにはおそらく、ほのかな桜のにおいのほかに、ある種のにおいがみちています。苔のにおい、土のにおい。朽ち葉のにおい、かびのにおい。しかも僧が旅寝する一本の桜の下には、一の谷の合戦に討たれた忠度が葬られています。その上で、僧はにおいに包まれながら眠りに落ちて行きます。

土に帰るよろこび

精神科医の中井久夫さんに「きのこの匂いについて」(『家族の深淵』)という文章があり、中井さんはそこでこう書いています。むかしは、日本家屋といえば、どの家を訪ねても少しずつちがう独特のにおいがあった。ひんやりしていて、じめっとしていて、さらに一種のさわやかさのまじったにおい。

それは垂木やかまちに生えるキノコのにおいであり、床や壁などにつくカビのにおいであったりする。それがあたらしい建築からは急速になくなってきた。

中井さんは、カビやキノコのにおい、つまり「菌臭」は、家へのなじみをつくるだけでなく、一般にかなりの鎮静効果をもつのではないか、と書きます。奥床しく感じさせる家や森には、きっと気持ちを落ち着かせる菌臭がただよっている、と。

すなわち、と中井さんはつづけます。「菌臭は、死—分解の匂いである。それが一種独特の気持ちを落ち着かせる、ひんやりとした、なつかしい、少し胸のひろがるような感情を喚起するのは、われわれの心の隅に、死と分解というものをやさしく受け入れる準備のようなものがあるからのように思う。自分の帰ってゆく先のかそかな世界を予感させる匂いである」

謡曲「忠度」に書かれた場所は、まさしく中井さんのいう「死—分解の匂い」にみちた場所ではないでしょうか。僧が老人と会い、やがて忠度の亡霊と会うのは、まさしく「自分の帰ってゆく先のかそかな世界を予感させる匂い」にみちた界域ではないでしょうか。

けっして「忠度」にかぎりません。ほかの謡曲にも、多かれ少なかれ、そうした「死—分解」への誘惑が甘やかに、魅力的にひそんでいるものがあります。それでも私がとりわけ「忠度」を死をテーマの芯にすえている曲だというのは、そこに一本の桜が植えられ、その夜桜の美しさによって、死のにおいをいっそう強めているからです。
では、その桜とはなにか。答えはラストの詞章にあります。一の谷の合戦で岡部の六弥太が、自分の討ちとった忠度の箙《えびら》をみると、なかには短冊があって——。

地謡　（略）行き暮れて　木の下陰を宿とせば
忠度の亡霊　花や今宵の主ならまし　忠度と書かれたり
地謡　さては疑ひあらしの音に　聞えし薩摩の守にてますぞ痛はしき
地謡　御身此花の　陰に立ち寄り給ひしを　かく物語申さんとて　日を暮らしとどめしなり　今は疑ひよもあらじ　花は根に帰るなり　我跡《わがあと》とひてたび給へ　木陰を旅の宿とせば　花こそ主なりけれ

地謡　（略）「行き暮れて　木の下陰を宿とせば」／忠度　「花や今宵の主ならまし　忠度」と書いてあった。／地謡　さては疑いもなく、音に聞こえた薩摩の守忠度であられたのだ。なんと痛わしい。／地謡　お僧、あなたがこの桜の花かげに立ち寄りなさったのを、このように物語って申そうと、日暮れまでとどめていたのです。いまや疑いはよもやないでしょう。花は根に帰ります。私の後をどうか弔ってください。桜の木陰を宿とするならば、その桜の花こそ主です。

花は根に帰るなり。忠度の心が――崇徳院の一首「花は根に鳥は古巣に帰るなり　春のとまりを知る人ぞなき」の一部をとって――、地謡にそのようにうたわれるのですから、根に帰るのは花であり、忠度その人でもあるわけです。花こそ主なりけれ。これもおなじく、宿の主は花でありながら同時にまた忠度自身でもあります。すなわち桜と忠度とは一体です。花は死して土に帰り、また花となって宿の主をつとめる。その循環に、忠度の亡霊のひそやかなよろこびが感じられるように私は思うのです。

道成寺《どうじょうじ》

桜と松を背景に予断を許さぬ劇がはじまる

作者不明
シテ　白拍子（後は蛇体）／ワキ　道成寺の住僧／ワキツレ　従僧／アイ　能力（二人）

何が起こるか予見できない場所

詞章はみがかれ、展開は息をつかせない。この「道成寺」こそ、謡曲において〈劇的なるもの〉をもっとも尖鋭に打ち出した曲の一つ、といえるでしょう。

ここは紀州道成寺。これまで、ある仔細があって、久しく撞き鐘が廃絶されていたのを、このたび鐘が再興され、また鐘楼に上げられることになりました。今日はその鐘の供養の日です。ただし、これも仔細があり、供養の儀は女人禁制でおこなわれることになっています。

ところが一人の白拍子が寺に来て、鐘の供養とあれば、自分にも拝ませてほしいと申します。

面白く舞を舞ってみせるならばと、能力《のうりき》はつい承知してしまいました。
つづく詞章を引きます。

白拍子　（略）嬉しやさらば舞はんとて　あれに座《まし》ます宮人《みやびと》の　烏帽子《ゑぼし》を暫し仮に著《き》て　既に拍子を進めけり　花の外《ほか》には松ばかり　花の外には松ばかり　暮れそめて鐘や響くらん　道成《みちなり》の卿承り　始めて伽藍《がらん》　橘《たちばな》の　道成興行《こうぎやう》の寺なればとて　道成寺《だうじやうじ》とは名づけたりや

地謡　山寺《やまでら》のや

白拍子　春の夕ぐれ来てみれば

地謡　入相《いりあひ》の鐘に花ぞ散りける　入相の鐘に花ぞ散りける　花ぞ散りける

白拍子　（略）ああうれしい。それでは舞おうといって、あそこにおられる神主さまの烏帽子をしばし借りて仮につけ、さっそく拍子をすすめて行く。桜のほかには松ばかり。夕暮れて鐘もひびくのだろう。道成の卿、命を承り、はじめて伽藍を建て、橘道成のおこした寺であるから、道成寺とは名づけたのだ。／地謡　山寺の、／白拍子　春の夕暮れに来てみれば、／地謡　入相の鐘が鳴りひびいて桜も散ってしまう。

右に引いたうち、私は「花の外には松ばかり」という詞章には戦慄をさえおぼえます。寺の境内は一面の桜花。そのほか視野に映るのは、松の緑ばかり。ここで大事なのは、もはや入相の鐘の聞こえてくるほど、あたりが暮れそめていることです。ほのぐらい宵闇のなか、見えるものは桜と松のみというのは、ほとんどそこに何もないというのとおなじです。というより、桜のいろと松の緑のみがあることで、何もない空漠さが、かえって不気味にきわだっています。

こういうところでは、何が起きてもおかしくない。どんな異変が招かれるか、まったく予見できない。花の外には松ばかり。なんと不吉な思いをさそう場所でしょう。じっさい、異変は起きるのです。舞ううちに、白拍子はなぜかいきなり鐘を引きかぶり、鐘楼から落としてしまったのでした。

白拍子は何だったのか

能力に知らされた住僧は、女人禁制にしたいわれを話します。かつて、ここに近い一人の男の家を、宿坊とさだめ、しばしば泊まる若い僧がいました。男には寵愛する娘がおりましたが、あるとき、あの客僧こそ、おまえの夫になる人だと幼い娘にたわむれを言ったのです。それを本気にしたまま年月をおくった娘が、また客僧が泊まったとき、その寝屋に忍び入り、はやく妻に迎えてほしいと迫ったのでした。

おどろいた客僧がこの道成寺まで逃げ、鐘のなかに隠れると、女は一念のあまり毒蛇となって、鐘にまとわりつき、炎を吐き、ついに僧を取り殺してしまいました。そのようないわれから、鐘の供養は女人禁制としたのでした。

白拍子は、もちろん、そのときの女であるといえます。あるいは女の執念といえます。道成寺の僧たちは、白拍子がこもった鐘に向かって、祈りに祈ります。するとまた、変事が起こります。詞章を引きます。

住僧　何のうらみか有明《ありあけ》の　撞鐘《つきがね》こそ

地謡　すはすは動くぞ祈れただ　すはすは動くぞ祈れただ　引けや手《て》ん手《で》に千手《せんじゆ》の陀羅尼《だらに》

不動の慈救《じく》の偈《げ》　明王《みやうわう》の火焔の　黒烟《くろけむり》を立ててぞ祈りける　祈り祈られ撞かねど此鐘

ひびきいで　引かねどこの鐘躍《をど》ると見えし　程なく鐘楼《しゆろう》に引きあげたり　あれ見よ

蛇体《じやたい》は顕れたり

地謡　（略）祈り祈られかつぱと転《まろ》ぶが　又起上《おきあが》つて忽《たちまち》に　鐘に向つてつく息は　猛火《みやうくわ》とな

つてその身を焼く　日高《ひたか》の川浪深淵《かわなみしんゑん》に　飛んでぞ入りにける　望み足りぬと験者達《げんじや》は
わが本坊にぞ帰りける　わが本坊にぞ帰りける

住僧　何のうらみがあるというのか、有明の鐘が、／地謡　そらそら動くぞ、ひたすら祈れ、鐘を引こう、手に手に綱をとって、それぞれ千手の陀羅尼をとなえ、不動明王の慈救の偈もとなえ、明王の背の火焔から黒煙を立てんばかりに祈った。われらは祈り、鐘は祈られ、撞かずともこの鐘、響き出し、引かずともこの鐘、跳ぶかと見え、ほどなく鐘楼に引き上げられた。すると、見よ、蛇体があらわれた。／地謡　われらは祈り、蛇体は祈られ、激しく倒れるが、また起きあがって、すぐに鐘にむかって吐く息は、猛火となって蛇体に返り、その身を焼く。日高川の深みに蛇体は飛んで、入ってしまった。これでよかれと修験者たちは、自分たちの本坊に帰って行った。

引用中の二行目に「すはすは動くぞ」とありますが、「すは」とは、いまでも「すわ一大事」などというように、ある事態の展開について、人に注意を喚起したり、自分でもおどろくときにつかう言葉です。なにか突然であったり、異様であったりする状況についてつかいます。

逆にいえば、人々をおどろかせる異変が起きているわけですが、鐘が鐘楼に引き上げられると、さらに思いがけないことがあった。白拍子が蛇体に化していたのでした。

むかし、若い僧に婚姻をもとめた女が、執念のあまりに蛇体となった。そのときの執念が、まずは白拍子のすがたかたちをとり、そしてまた蛇体のすがたに戻ってあらわれたとみれば、話のすじはとおります。しかし私は、はじめに寺に来て舞を舞った白拍子がどうも気になるのです。この白拍子は、もともと事件と関係のない、ふつうの白拍子ではなかったか。その白拍子の肉体に、かつての女の霊が——たとえば、舞の昂揚のうちに——、いきなり憑依《ひょうい》した。そのように読めないでしょうか。

そこに「憑依」という行為があったと考えるほうが、いっそう劇的に読める。あるいは劇がいっそうアクティブになる。私はそう思うのですが、一曲のすみからすみまで読んでも、そのことにふれた言葉はありません。

融《とおる》

月光の冴えわたる記憶の遊園地

世阿弥作
シテ　融の亡霊（前は汐汲の尉）／ワキ　僧

世阿弥の傑作とはどういうことか

世阿弥ならではの作品。全篇にわたって、ほとんど月光の移ろいのみを、あるいは移ろいによる風景の変幻のみを、磨きぬいた言葉で書き切った一曲です。研究者の西野春雄さんが「月光の曲と表現したい世阿弥の傑作」と評しているのに共感します。

所は六条河原の院。通りかかった旅の僧が、そこで一休みしていると、海辺でもないのに汐汲みのすがたをした老人があらわれます。都のなかで、どうして汐汲みなのか。僧がたずねるまえに、老人は折りしも明るさをました仲秋の月を眺めつつ、つぎのように述懐します。

汐汲

（略）月も早　出汐《でじほ》になりて塩竈《しほがま》の　うらさび渡る気色かな　陸奥《みちのく》はいづくはあれど　塩竈《しほがま》の　恨みて渡る老が身の　よるべもいさや定めなき　心も澄める水の面《おも》に　照る月なみを数ふれば　今宵ぞ秋の最中《もなか》なる　実《げ》にや移せば塩竈の　月も都の最中かな　秋は半身《なかば》は既に　老い重なりて諸白髪《もろしらが》　雪とのみ積りぞ来ぬる年月の　積りぞ来ぬる年月の　春を迎へ秋を添へ　時雨《しぐ》るる松の風までも　我が身の上と汲みて知る　汐《しほ》馴衣《なれごろも》袖寒き　浦わの秋の夕べかな　浦わの秋の夕べかな

汐汲　（略）はやくも月も出て、満ち潮にもなった。塩竈の、なんともうらさびれた景色であること。陸奥はどこがいいといって、塩竈の浦がいいが、世をうらんでわたる老いの身には、寄る辺のない舟のように、この浦にも頼りになる寄りどころがない。そんな心も清澄になるような水面に照り映える月をみて、月齢をかぞえてみれば、今宵こそまさに中秋の名月、秋のさなかだ。まことに陸奥の塩竈の浦を都のここに移したのだから、塩竈の月も都の中央にある。秋は半ば、身はすでに老いさらばえて、髪は真っ白に雪がつもったよう。年月もつもり、春を迎え、秋も添え、時雨のごとき音を立てて松風もさみしく吹き、この秋の松風のさみしさこそ、我が身の上のことと察せられる。汐になじんだ衣の袖が冷たく寒い。身にも心にもしみいる、浦わの秋の夕べであることだ。

老人によれば、六条河原の院こそ、かつて陸奥の塩竈《しおがま》の浦の景色を賞した融《とおる》の大臣《おとど》が、その景色を都の中央にもつくろうと、塩竈から海水を運び、塩屋もつくって塩を焼く煙までたたせ、浦の風情をたのしんだところなのでした。したがって、汐汲みがいてもおかしくはない。しかし融の大臣亡きあとは、継ぐ人もなく、あとはすっかり荒廃してしまいます。

変わらないのは月の光の美しさ。月に触れない一節をさがすのがたいへんなほど、作者は月光のさやけさや、光を浴びる風景のここかしこのたたずまいを、存分に書きこんでみせました。同時にまた、そこにいまは荒涼として絶えた浦への懐旧の思いをもさまざまに書き添えました。月が美しければ美しいほど、かつて存在していた浦が恋しい。それがなくなったのが寂しい。口惜しい。

世阿弥の諸作のなかでも、言葉をあやつるのに、これだけ技巧をこらした一篇はすくないでしょう。なにしろ月といえば、いわゆる「花鳥風月」のうちの一つです。類型にまったく陥ることなく、しかも新奇を企てようとするのでもなく、おそらくは同時代の受け手たちによって充分に理解でき、嘆賞できるかたちで書いた。そこがすごいと思うのです。

記憶の光にかがやくテーマパーク

しかし私などに分からないのは、陸奥の塩竈の浦とそっくりなものを、莫大な財産をつかって都につくってしまう融の大臣のことです。正直なところ、そんなレプリカが、そんなに美しかったのでしょうか。海水まで運んで、塩屋までつくって、汐汲みまで雇って……。世阿弥自身、そんな話にほんとうに共感したのでしょうか。

ともあれ汐汲みは融の亡霊でした。六条河原の院につくった浦をめぐる回想を、融はつぎのように語ります。

融　（略）われ塩竈の浦に心を寄せ　あの籬《まがき》が島の松蔭に　明月に舟を浮《うか》め　月宮殿《げつきうでん》の白《はく》衣《え》の袖も　三五夜中《さんごやちう》の新月の色　千重《ちへ》ふるや　雪を廻らす雲の袖

地謡　さすや桂の枝々に

融　光を花と散らす粧《よそほ》ひ

地謡　ここにも名に立つ白河《しらかは》の波の

融　あら面白や曲水《きよくする》の盃

（略）

融　月もはや

地謡　影傾きて明方《あけがた》の　雲となり雨となる　此光陰に誘はれて　月の都に入り給ふ粧《よそほひ》　あら名残惜しの面影や　名残惜しの面影

融　（略）私は塩竈の浦に心をよせ、あの籬が島の松蔭に、月の明るい光さす舟を浮かべて思う。あの月宮殿で天人が身にまとうという白衣の袖も、このさやけき十五夜の月の光のなせるわざだ、と。そう思って、いくたび振ったことか、雪をめぐらす白雲のように軽やかな袖を。／地謡　月光がさす、桂の木の枝々に、／融　その光は、桂の花を散らすかのようだ。／地謡　都にも名高い白河の波、／融　ああおもしろいこと、その波に浮かぶ曲水の盃のような月影。／（略）／融　はやくも月は、／地謡　その影が傾いて明方になる。雲が出て雨が降る。この月の光に誘われるがごとく、融の大臣は月の都に入って行かれるご様子。ああ、名残り惜しい面影。名残り惜しい融の大臣。

この詞章を読んで、私ははじめて分かったような気がしました。記憶が美しくしているんだ。

記憶のなかの月光のかがやきが、いまの荒涼たる跡地の空にかかった月光のかがやきと重なって、そこにかつて遊んだ、涙がでるほど綺麗で、懐かしい浦のたたずまいが――たとえレプリカにせよ――、よみがえるんだ。

なにも、いまの日本のテーマパークがどれも通俗だとはいいませんが、それらも一度滅びて、その跡地に月光がやさしく注いだならば、どうか。どれも記憶のなかで、きよらかに映えて立ち現れるかも知れません。

鵺《ぬえ》

死をはらむ暗黒の沖へ漕いで行く

世阿弥作
シテ　鵺の亡霊（前は舟人）／ワキ　僧

異形の者の哀傷

ふかい哀傷にしずむ曲です。しかも主人公が異形であるだけに、またそれが敗北者として、彼岸の冥闇へと旅をつづける者であるだけに、いっそう悲しい。鬼畜ものなどと呼ばれもしますが、たんなる妖怪変化のおどろおどろしいドラマではありません。一曲の基調にははじめからラストまで、そのただならぬ悲しさがながれています。

ここは摂津の国、蘆屋の里。熊野への参詣をすませた旅の僧が、都へ上る途次に、この里に着きます。すでに日も暮れ、岸辺で一夜をすごそうという僧の目に、なんとこちらに向かって奇態な舟を漕いで近づいてくる者が映ります。その者のすがたは、闇にまぎれ、はっきりとは見えません。

舟人　悲きかなや身は籠鳥《ろうてう》　心を知れば盲亀《まうき》の浮木《ふぼく》　ただ闇中《あんちう》に埋木《うもれぎ》の　さらば埋《うも》れも果てずして　亡心何に残るらん

舟人　浮き沈む　涙の波の空穂《うつほ》舟

地謡　こがれて堪《た》へぬいにしへを

舟人　忍びはつべき隙《ひま》ぞなき

僧　不思議やな夜も更け方の浦波に　幽かに浮び寄るものを　見れば聞きしに変らずして舟の形は有りながら　只埋木《うもれぎ》の如くなるに　乗る人影も定かならず　あら不思議の者やな

舟人　悲しきことよ、この身は籠にとらわれた鳥もおなじ。この心は、知ってみれば、海原で浮木を待って波間にただよう盲亀にもおなじ。ひたすら闇のなかの埋もれ木にすぎないのに、そうかといって埋もれ果てることもなく、亡魂は何のゆえにこの世に残っているのだろう。／舟人　浮きつ沈みつ、涙の波にながれるうつほ舟。／地謡　思いこがれてたえられない昔の日々を、／舟人　じっと忍んでみるゆとりもない。／僧　不思議なことだ、夜も更けようという海面に、かすかに浮かび、流れくるものがある。見れば、聞いていたとおりの様子。舟のかたちはしていながら、ただ埋もれ木にすぎないような舟に、乗っている人影も闇にかすんで定かに見えない。なんと不思議な人なのだろう。

舟人の乗った舟が、うつほ舟であることが異様です。うつほ舟とは、大木をくりぬいてつくった丸木舟のことですが、その空洞に人を閉じこめ、海にしずめたり、あるいは西海に向けて流したりするための舟です。いずれにせよ、死を定められた者が乗せられる舟です。そんな舟が、夜闇のなか、旅の僧に向かってすすんでくる。しかも棹をもって漕いでいる舟人は、近づくにつれ、その異形のすがたをあらわしてきます。頭は猿、尾は蛇、足と手とは虎。舟人は、「悪心外道の変化となつて、仏法王法の障りとならん」と都に出現したものの果たせず、ついには源の頼政に矢を射られて退治された鵺の亡霊なのでした。

鵺について、くわしいことは分かりません。しかしはっきりしているのは、それが敗北者であるということです。この世の権勢に敗れ去った者であるということです。そしてそのような意味で、この人生で誰がいつ陥るか分からない、普遍的な存在であるとはいえましょう。頭が猿、尾が蛇、足や手は虎。そのような異形のすがたは、敗北者におされた烙印にほかならないのです。

闇に消えるうつほ舟の行方

旅の僧の弔いをうけたあと、鵺はふたたび棹をとって、闇の海へと乗り出していきます。一曲の絶唱ともいうべき部分を引きます。

地謡 (略) 頼政は名をあげて 我は名を流す空穂《うつほ》舟に 押し入れられて淀川の よどみつ流れつ行く末の 宇渡殿《うどの》も同じ蘆《あし》の屋の 浦わの浮洲《うきす》に流れ留《と》まつて 朽ちながら空穂舟の 月日も見えず暗きより 暗き道にぞ入りにける 遙かに照らせ山の端《は》の 遙かに照らせ山の端の 月と共に海月《かいげつ》も入りにけり 海月と共に入りにけり

地謡 (略) 頼政は名をあげ、私は汚名を流してうつほ舟に押し入れられた。そうして淀川の、よどみながら流れた果ての、蘆の名所の宇渡殿、おなじく名所の蘆の屋の、浦の浮き洲に流れつき、そこにとどまって、朽ち果てながら、うつほ舟の中。そして月も見えない、日も見えない、この暗黒の淵から、さらに暗黒の闇路へと入ってしまった。この闇路を、はるかに照らしてください、山の端の月よ、その真如の光よ。この無明の道を、はるかに照らしてください。月が山かげに没するとともに、海面への月の反映も消える。海にただようくらげも消える。山とも海ともいえぬ暗黒の界域へ、鵺の亡霊も消え入って、すべてが消えてしまった。

和泉式部の一首「暗きより暗き道にぞ入りぬべき遥かに照らせ山の端の月」が、じつに効果的に織りこまれています。かろうじて月が照らしていた海上も、山に月が隠れると真の闇につつまれ、うつほ舟も、そこに乗る鵺の霊も、すべてが吸いこまれるように見えなくなる。もはや見渡すかぎりの暗黒です。

暗黒のなかを消え去って行く者のすがたは、それが誰であれ、なにか悲傷なものを帯びます。私は「鵺」の右の詞章を読むと、いつも——およそ謡曲とはかけはなれた作品ですが——、かつて翻訳されたギリシア古典『アナバシス』（クセノフォン作、松平千秋訳）に出てくるフレーズを思い出します。

「男は……日暮れを待ち、夜の道を立去って行った」。これは大国ペルシアに渡ったアテナイの青年が、ペルシア王家の内紛にまきこまれ、叛乱軍に加わって苦闘しながら、敵地の中をギリシアに逃げ帰るまでを書いた歴史ロマンスですが、そのなかに、闇に消える一人の男のエピソードが記されています。

ギリシア人たちに雇われ、敵地のなかを案内した現地人の男が、日が落ち、夜の闇が迫るのを待って、また敵地をぬけて自分の村へと帰ろうとする。危うい、広大無辺な暗黒世界が男のまえにひろがる。その凄愴なほどふかい闇のなかを、男は独り、歩みをすすめて消えて行く。

死をはらむ暗黒と、その暗黒のうちを独り消え行く者のすがた。それは謡曲もギリシア古典もない、なにかこの世の人間の運命というものを思わせて痛切です。

松風《まつかぜ》

海辺に立つ松に狂う月夜の官能

世阿弥作
シテ　松風／ツレ　村雨／ワキ　旅僧

桶のなかの小さな海と月

恋人の男が形見にのこした衣装を身にまとう。それだけでも十分に官能的なのに、そこに立つ松の樹を、その男であると幻視して身を添わせに行く――。こんなにせつなくも狂的な恋の昂揚があるのかと思わせる作品です。

摂津の国の須磨の浦。諸国をわたる旅の僧がやってきます。海辺には何やらいわれのありそうな松があり、所の者にたずねてみると、この地の海人で松風・村雨と呼ばれた姉妹の墓じるしをしめす旧跡とのことでした。松風・村雨とは、かつて在原行平が須磨に流されていたとき、寵愛した海人《あま》です。行平は三年たって都に戻ったのちに早世し、二人の海人もあとを追うかのように他界します。

二人を弔った旅の僧が、近くの塩屋に一夜の宿を借りようとしていると、それぞれに汐汲み車を引いた二人の若く美しい海人がやって来ました。

地謡　寄せては帰る片男波《かたをなみ》　寄せては帰る片男波　蘆辺《あしべ》の田鶴《たづ》こそは立《たち》さわげ　四方《よも》の嵐も音添へて　夜寒《よさむ》何と過さん　更け行く月こそさやかなれ　汲むは影なれや　焼く塩煙心せよ　さのみなど海士人《あまびと》の　憂き秋のみを過さん　松島や小島《をじま》の海士の月にだに影を汲むこそ心あれ　影を汲むこそ心あれ

（略）

松風　灘の汐汲む憂き身ぞと　人にや誰も黄楊《つげ》の櫛《くし》

地謡　さしくる汐を汲み分けて　見れば月こそ桶にあれ

松風　是にも月の入りたるや

地謡　うれしや是も月あり

松風　月は一つ

地謡　影は二つ満つ汐の　夜の車に月を載せて　憂しともおもはぬ汐路かなや

地謡　寄せては返る男波のつよさ、蘆辺の鶴も立ちさわぐ。あたりの嵐も大きな音を添え、この寂しい夜寒をどう過ごそう。更け行く月光は冴えわたり、汐水を汲むのは月光を汲むこと。塩を焼いて立つ煙よ、月光をかげらさぬよう、心してほしい。しかし海人だからとはいえ、つらい秋ばかりを過ごすことがあろうか。松島や小島の海人さえも、月光を汲んで眺める。そのなんと風雅なことであることか。／（略）／松風　海の汐を汲むつらい身の上であると、人には誰も告げないでほしい。／地謡　月光のさしてくる汐を二人で汲み分けて、見れば、まさに桶のなかに月がある。／松風　この桶にも月が入っている。／地謡　うれしい、こちらの桶にも月がある。／松風　月は一つ、／地謡　月影は二つ。満ち潮を汲んだ夜の汐汲み車に月をのせ、汐と月とを運ぶのだから、とてもつらいとは思えない。

夜の海、月、二人の美しい海人、汐汲み車。この曲のなかで、いちばん趣きのある光景が書かれています。汐を汲むとは、汐に映る月をも汲むこと。しかも桶をのせた汐汲み車は、姉と妹に一つずつ、二つあるのですから、月も二つ汲まれています。

桶のなかの汐水は小さな海。そこに映る月影。そして須磨の浦のひろい海と、海上の月。この大きな風景のまえを行く二人には、いわばその小宇宙の風景が伴なわれていることになります。世阿弥の卓抜な才智の一つは、風景をとらえる精妙さだった。私はそれをとくに、この「松風」に感じます。もちろん風景だけではない。月は一つ、影は二つ。二つの汐汲み車の桶に映った月影がそのように書かれるのですが、この月というのは行平自身とも読める。行平は一人、恋人は二人。行平の、思う心は一つ、思われる身は二つ。風景にしても恋にしても、そのような重層的な読みができる。

それはまた、世阿弥のみならず、ほかの作者たちにも通ずる、独特なレトリックをもつ謡曲の詞章ならではのおもしろさでもあります。

エロティシズム表現の極み

さて、二人の塩屋に泊まった僧がたずねると、二人は、じつは自分たちこそ松風・村雨の亡霊であるといい、松風が「物着」をして——この場合は、行平の形見の烏帽子《えぼし》をかぶり、衣装をつけて——、つぎのようなふるまいに出ます。全篇の絶頂点ともいうべき部分です。

松風　三瀬河《みつせがは》　絶えぬ涙の憂き瀬にも　乱るる恋の淵はありけり　あらうれしやあれに行平の御立有《おたちあ》るが　松風と召されさむらふぞや　いで参らう

村雨　あさましや其御心故《おんこころゆえ》にこそ　執心《しふしん》の罪にも沈み給へ　娑婆《しやば》にての妄執をなほ　忘れ給はぬぞや　あれは松にてこそ候へ　行平は御入《おんいり》もさむらはぬものを

松風　うたての人の言事《いひごと》や　あの松こそは行平よ　たとひ暫しは別るるとも　松とし聞かば帰りこんと　連ね給ひし言の葉は如何に

松風　三途の川をこえても、涙のたえない憂き瀬があり、そこには乱れる恋の淵もある。ああ、うれしい。あすこに行平さまが立っていらして、松風とお呼びだ。さあ行かねば。／村雨　あさましい。そんなお心だからこそ、執心の罪にも沈んでいらっしゃる。この世での妄執を、まだお忘れではないのか。あれは松なの。行平さまはいらしていない。／松風　なんてなさけないことをお言いなのか。あの松こそ行平さま。たとえしばらくは別れていても、「待つとし聞かば帰りこん」と詠んでくださった。あのうたの言葉のとおりとは思えないのですか。

ただ衣装を着替えるのが「物着」なのではありません。衣装を着替えることによって、その者はなにかに——しばしば狂気をともなって——変身するのです。ここで行平の形見をまとった松風は、その衣の移り香に酔いながら、行平になる。あれだけ恋しい行平に身も心も一体化する。恋の極みでしょう。

あるいはこうもいえます。行平の衣を着たことで松風は行平に抱かれる。かつて愛されたように、生きた行平の生きた恋人に戻る——。そして松を——きっと行平との日々の何かふかい思い出のある松を——、行平その人と思って近づいて行く。触るために、または抱くために。しかも松は墓標です。その根元には、村雨と松風自身とが葬られているのです。右の詞章は読むたびに、ほかではみたこともないエロティシズム表現の極致として胸をつらぬかれる思いがします。世阿弥の独擅場でしょう。

通盛《みちもり》

コンポジションの視覚的な効果

井阿弥作・世阿弥改作
シテ　平通盛（前は漁翁）／ツレ　小宰相局（前は海人）／ワキ　僧／ワキツレ　従僧

心やさしい「修羅もの」の叙情

軍《いくさ》語りをする曲を修羅ものといいますが、もちろん、たいていは勇猛果敢な戦いぶりなどが書かれます。「清経」などと並んで、この「通盛」が異色なのは、軍そのものよりも、男女の恋慕が中心的なテーマになっているところです。なんと心やさしい修羅ものでしょう。詞章も、叙情にとんだ美しいものです。

ここは阿波の鳴門。毎夜、二人の僧が磯辺に出て、滅んだ平家一門を弔い、経を読みあげています。ある夜、夫婦らしい漁翁と海人とが漁火をたいた舟にのり、岸辺に向かってきました。僧たちは漁火の灯りで経巻を読誦し、漁翁たちも、その読経が聴聞できるのをよろこびます。

二人の僧は巌の上。その近くに着岸した舟から経を聞く漁師の夫婦二人。やがて僧たちは、この浦でどんな人が果てたのか、物語を乞います。夜闇のなか、舟の漁火に照らされながら、二人と二人とが対になってしずかな語らいをする。いい構図です。

すぐれた謡曲は、詞章という言葉の効果のみならず、こうした視覚的な構成もたいせつにする。そのことがよく分かります。

漁師二人の語るのは、平通盛が討たれ、妻である小宰相の局が絶望して海に入水する場面ですが、漁翁が連れ合いに対して「諸共に御物語候へ」（おまえもいっしょにお話ししなさい）と水を向けるのも、夫婦のあいだの情愛をしめすようで、この光景の叙情を高めます。詞章を引きますが、小宰相の局の最期を語りおえた海人が、海に沈んですがたを消すとき、夫の漁翁も連れ立って海に沈むところに注目してください。

海人　さる程に小宰相の局乳母《めのと》を近づけ
漁翁　如何に何とか思ふ　われ頼もしき人々は都に留まり　通盛は討たれぬ　誰を頼みてな
海人　がらふべき　此海に沈まんとて　主従《しゅうじゅう》泣く泣く手を取り組み舟端《ふなばた》に臨み
海人　さるにてもあの海にこそ沈まうずらめ

地謡　沈むべき身の心にや　涙のかねて浮むらん

地謡　西はと問へば月の入る　西はと問へば月の入る　其方《そなた》も見えず大方《おほかた》の　春の夜や霞むらん　涙も共に曇るらん　乳母泣く泣く取り付きて　此時の物思ひ　君一人《いちにん》に限らず思召《おぼし》し止《とま》り給へと、御衣《おんきぬ》の袖に取り付くを　振り切り海に入ると見て、老人も同じ満汐の　底の水屑《みくづ》となりにけり　底の水屑となりにけり

海人　そうこうするうち、小宰相の局は乳母を呼び、／漁翁と海人　どう思います、私の頼りになる人々は都に留まっておられ、通盛は討たれました。どなたを頼りに生きて行けばよいのやら。この海に沈みましょう、といって、小宰相の局も乳母も、泣いて手を取り合い、舟端から海を臨み、／海人　それではあの海に沈むことになるの。／地謡　沈むべき身の悲しさのためだろう、もう涙が浮かんでくる。／地謡　極楽浄土の待つ西はどちらのほう、と問えば、月の入る方角というけれど、そちらも見えない。春の夜が霞んでいるためでしょう。あるいは涙とともに曇っているためでしょう。乳母は泣く泣く取りついて、いまこの悲しみは、あなたさま一人にかぎったことでない、思いとどまってくださいませと、衣の袖に取りつくのを、振り切って（海人が）海に身を投げるのを見て——漁翁も

おなじ満潮の海に入り、底の水屑となってしまった。

前半の最後の詞章です。すでに了解されているように、前半にあらわれた者が、聞き手の僧などに対し、かつて名を馳せた人物の最期を語るとすれば、語った者はたいてい、その人物の霊です。つまりここでは、漁翁が平通盛の霊であり、海人が小宰相の局の霊ということになります。そして、それぞれ本人の霊として後半にあらわれるために、漁翁も海人もいったんはすがたを隠します。

そこでおもしろいのは、右のラストの部分です。海人が、小宰相の局の昔語りをしながら、じっさいにこの浦に入水した局とおなじく、自分も入水して消えてしまう。それをみた夫の漁翁も、彼女を追って海に没してしまうというのです。

これは前半をむすぶ展開として、巧みな処理というべきではないでしょうか。通盛は、離れた地で討たれていて、この浦に入水したわけではありません。しかし漁翁が、妻の海人とおなじようにすることで、通盛と小宰相の局とのあいだに交わされていた情のふかさというものが暗示される。私は作者（あるいは改作者の世阿弥）は、はっきりそれを意識して書いているのではないかと思います。

軍のなかでの交情のふかさ

二人の情愛の濃さは、後半、平通盛の昔語りにもあらわれます。

地謡　既に軍《いくさ》　明日《みやうにち》にきはまりぬ　痛はしや御身は　通盛ならで此うちに　頼むべき人なし
我ともかくもなるならば　都に帰り忘れずは　亡き跡とひてたび給へ　名残《なごり》惜しみの
盃　通盛酌を取り　指す盃の宵の間も　転寝《うたたね》なりし睦言は　たとへば唐土《もろこし》の　項羽高
祖の攻《せめ》を受け　数行《すかう》虞氏《ぐし》が涙《なんだ》も　是にはいかでまさるべき　燭《ともしび》暗うして　月の光にさ
し向ひ　語り慰む処に

通盛　舎弟《しやてい》の能登守《のとのかみ》

地謡　はや甲冑《かつちう》をよろひつつ　通盛は何《いづ》くにぞ　など遅なはり給ふぞと　呼ばはりし其声の
あら恥かしや能登守　我弟といひながら　他人より猶《なほ》恥かしや（略）

地謡　すでに戦は明日にきまった。いたわしい、小宰相の君、あなたはこの通盛のほかに頼みとするべき人もない。私にもしものことがあれば、都に帰り、きっと亡き跡を弔ってください。名残惜しい、この盃で、通盛は酌をし、さしつさされつする宵の間も、仮寝をしながらの睦言には、たとえば唐土で項羽が高祖に攻められ、あの虞氏が流した涙さえ、どうしてまさることがありましょう。灯火を暗くし、月の光に向かって、語り合いながら慰めるところに、／通盛　弟の能登守が、／地謡　はやくも甲冑をまといながら、通盛殿はどこにおいでか、なぜ遅れておられるのだと、呼ばわるその声が、ああ恥ずかしい、能登守。わが弟といいながら、他人にいわれるよりかえって恥ずかしい。（略）

本来ならば、軍の陣営のなかに女は入れません。しかし、自分よりほかに頼る者とてない小宰相の局を帰すわけにも行かず、通盛は軍の前夜まで彼女と名残を惜しみます。たとえ弟の能登守は軟弱だと怒っても、私には哀れでならない光景です。通盛酌を取り　指す盃の宵の間も――。いい詞章ではありませんか。燭暗うして　月の光にさし向ひ　語り慰む――。これも視覚的に、じつに冴えた構図ではありませんか。

求塚《もとめづか》

この少女がなぜ地獄に堕ちるのか

観阿弥作か
シテ　菟名日少女の霊（前は里女）／ツレ　里女（二人）／ワキ　旅僧／ワキツレ　僧の従者（二―三人）

光あふれる早春の情景

早春の光にみちた若菜摘みに心はずむ前半。一転して、惨酷をきわめた地獄の暗黒世界を描く後半。「求塚」は、その前半と後半とのあまりに鮮明な対比を特徴とする一曲です。

ここは摂津の国、生田の里。旅の僧が、都にのぼる途中、若い女たちが若菜摘みに興じています。まだ早春。都ではちょうど若菜摘みの時期ですが、田舎では、松にかかった雪がのこっていたり、原にはところどころ氷が張っていたりして、風は凛冽と肌を打ちます。それでもようやく来た春に、女たちは胸をはずませ、たのしく若菜摘みに励んでいます。
詞章を引きましょう。その清爽さが読みどころ。

地謡　（略）沢辺なる氷凝《ひこり》は薄く残れども　水の深芹《ふかぜり》かき分けて　青緑色《あをみどりいろ》ながらいざや　摘まうよ　色ながらいざや摘まうよ

地謡　まだ初春の若菜にはさのみに種は如何ならん

里女　春立ちて　朝の原の雪見れば　まだ古年《ふるとし》の心地して　今年生《ことしお》ひは少し古葉《ふるは》の若菜摘まうよ

地謡　古葉なれどもさすがまた　年若草《としわかくさ》の種なれや　心せよ春の野辺

（略）

里女　長安のなづな

地謡　からなづな　白み草も有明の　雪に紛れて摘みかぬるまで春寒き　小野の朝風また森のしづえ松垂れて　何れを春とは白波の　川風までも冴えかへり　吹かるる袂もなほ寒し　摘み残して帰らん　若菜摘み残して帰らん

地謡　（略）沢辺の氷はうすくのこっていても、水のふかいところをかきわけて芹を摘もう。その青緑の色のままに、摘もうよ。／地謡　まだ初春を迎えたばかりの若菜には、どんな種類があるのだろう。／里女　春になったばかりで、朝の原にのこる雪を見れば、まだ旧年のような思いがして、今年に生えた若菜は少ないでしょう。旧冬の古葉のままの若菜を摘みましょう。／地謡　古葉とはいえ、さすがに若菜でありましょう。心して摘もう、春の野辺。／（略）／里女　唐土の長安のなずな、／地謡　唐（辛）なずな。白い芹もあるけれど、明け方の雪の白にまぎれて摘みにくい。また摘みにくいほどに春は浅く寒い。この小野に吹く朝風も、雪で垂れた森の松の下枝も、いずれも春とはいえなくて、川風までも冴えかえって冷たく、吹かれる袂もまだ寒い。もう摘みのこして帰りましょう。

まだ川風は冷たくとも、待ちに待った春の光です。さんさんと浴びながら、女たちのうれしげなこと。圧倒的に夜の光景を書くことの多い謡曲のなかで、これほど朝の光に――それも春の光に――人々が戯れる情景そのものが特徴的です。詞章も卓抜です。右の引用のはじめにある「沢辺なる氷凝は薄く残れども　水の深芹かき分けて　青緑色ながらいざや　摘もうよ　色ながらいざや摘もうよ」など、春を迎えたよろこびが弾んでいます。

ところが、この幸福な風景のうらに、地獄があったのでした。

明暗のあざやかなコントラスト

女たちは一人をのこして帰り、その一人が、この地の求塚という塚に葬られた、菟名日少女《うないおとめ》をめぐる悲劇を僧たちに語って聞かせます。菟名日少女は、二人の男、すなわち小竹田男子《ささだをとこ》と血沼《ちぬ》の丈夫《ますらを》とに同時に愛された少女でした。同じ日の同じ時に、二人から恋文を受けとりましたし、決着をつけるために、ふたりが生田川の鴛鴦《おしどり》に矢を放ちますと、矢は同じ鳥の同じ翼をつらぬきます。

一人になびけば、もう一人を悲しませることになる。菟名日少女は悩んだあげく、生田川に身を沈めました。人がその身をひきあげ、ここにある塚の土中に埋めたところ、二人の男はその塚の上で、たがいに刺しちがえ、命をおとしました。

自分こそ、その菟名日少女の霊であることを暗示して、女が塚のなかに姿を消すまでが前半です。後半は、菟名日少女の霊が登場し、いま陥っている地獄のありさまを語り、僧に救いをもとめます。詞章を引きます。

地謡　されば人　一日一夜を経るにだに　一日一夜を経るにだに　八億四千の思ひあり

（略）埋《うづも》れも果てずして　苦しみは身を焼く　火宅の住処《すみか》ご覧ぜよ

（略）

菟名日
少女の霊

（略）恐ろしや　おことは誰ぞ　なに小竹田男子《ささだをとこ》の亡心とや　さて此方なるは血沼《ちぬ》の丈夫《ますらを》。左右《さう》の手を取つて　来《きた》れ来れと責むれども　三界火宅の住処《すみか》をば　なにと力に出づべきぞ　また恐ろしや飛魄《ひはく》飛び去り目の前に　来るを見れば鴛鴦《おしどり》の　鉄鳥《てつてう》となつて　鉄《くろがね》の　嘴足剣《はしあしつるぎ》の如くなるが　わらはが髪に乗り憑《うつ》り　頭をつつき　髄を食ふ　こはそもわらはがなせる科《とが》かや　あら恨めしや（略）

地謡　（菟名日少女が僧に対して）ところで人間は、たった一日一夜を過ごすだけでも、八億四千の煩悩がある。（略）地に埋もれきれず、苦しみはこの身を焼く、煩悩の火に包まれた家をご覧ください。／菟名日少女の霊　（略）恐ろしい。あなたはだれ。なんと小竹田男子の亡霊か。さてこちらは血沼の丈夫。二人して私の左右の手を取り、こっちへ来いと責めるけれど、この苦悩にみちた迷界から、何を力にして逃れ出ることができるのか。また恐ろしいこと、人魂が飛び去り、目の前に来るのを見れば、それは鴛鴦が化して鉄の鳥となったもの。嘴も足も剣のよう。その鉄の鳥が、私の髪に乗りうつり、頭をつつき、脳髄を食う。これはそ

もそも私がなした罪科なのか。ああ恨めしい。（略）

前半と後半とでは、なんとあざやかな明暗のコントラストをなすことでしょう。しかし、二人の男に愛されたというだけで、彼女はなぜこれほどの苦しみを受けるのでしょうか。ヒントになる詞章が一つあります。「一日一夜を経るにだに　八億四千の思ひあり」。一人の人間がたった一昼夜で、八億四千の煩悩を抱くというのです。これはすごい。

清廉にみえる彼女でさえ、まったくの無垢とはいえない。二人の男をもてあそんだといえなくもないのです。作者は観阿弥とされていますが、文学的には、意外に冷徹で、辛辣で、容赦のない面ももっていたのかも知れません。

山姥《やまんば》

世阿弥のつくった中世ふう妖精物語

世阿弥作
シテ　山姥（前は女）／ツレ　百万山姥／ワキ　従者

ほんものの山姥の登場

山姥といえば、詞章にもありますが、一言でいって「山に住む鬼女」、すなわち化けものにほかなりません。江戸期にも、さまざまな絵師が描いているとおり、ぼろを着て、蓬髪を乱した、おどろおどろしい存在です。

ところが世阿弥の天才は、室町期において、それとはまったくちがう、あたかもフェアリー（仙女）のような山姥を創りだしていました。

物語は、善光寺詣でを思いついた遊女が、都の男たちを従者にして、境川まで着いたところからはじまります。そこから案内を請い、人里から遠い上路の山に差しかかったとき、どうしたわけか、にわかに日が暮れてしまいました。

一同、困っているところへ、一人の山の女がすがたをあらわし、宿の提供を申し出ます。その宿で、山の女は、遊女に「山姥の曲舞」を一節うたってはくれぬかと所望しました。じつは遊女は都では「山姥の曲舞」をうたって大評判を手にし、「百万山姥」との異名をとっていたのです。しかし、こんな山里で、どうしてそんなことを知っているのか。不審に思ってたずねる従者に、山の女はつぎのように答えます。

女　いや何をか包み給ふらん　あれにまします御事《おんこと》は　百万山姥《ひゃくまやまうば》とて隠れなき遊女にてはましまさずや　まづ此歌の次第とやらんに　よし足引《あしびき》の山姥《やまうば》が　山廻《めぐ》りすると作られたり　あら面白や候　是は曲舞《くせまひ》に依りての異名《いみやう》　さて誠の山姥をば　如何なるものとか知ろしめされて候ぞ

従者　山姥とは山に住む鬼女とこそ曲舞にも見えて候へ

女　鬼女とは女の鬼とや　よし鬼なりとも人なりとも　山に住む女ならば　妾《わらは》が身の上にてはさむらはずや　年頃色には出ださせ給ふ　言《こと》の葉草《はぐさ》の露ほども　御心《おんこころ》には掛け給はぬ　恨《うらみ》申しに来りたり　道を極め名を立てて　世情萬徳《ばんとく》の妙花《めうくわ》を開く事　此一曲の

故ならずや　（略）恨を夕山の　鳥獣も鳴きそへて声をあげろの山姥が　霊鬼《れいき》是まで来りたり

女　いや何を包み隠しなさいます。そこにいらっしゃるお方は、百万山姥という世に知られた遊女ではありませんか。まずこの歌の次第とやらに「山姥が山廻りする」と作られています。ああ、おもしろいこと。この山姥というのは、曲舞によってつけられた異名。しかしさて、ほんとうの山姥とはどんなものか、ご存じなのですか。／従者　山姥とは山に住む鬼女と、曲舞にもうたわれています。／女　鬼女とは女の鬼のことでしょう。たとえ鬼であっても人であっても、山に住む女が山姥ということであれば、この身の上がまさに山姥ではありませんか。長い歳月、外では歌っておいでです。ところがその山姥本人のことは、露ほども、心にかけてくださいません。その恨みを申し上げに来たのです。芸道をきわめ、名を立てて、世間のあらゆる評判を集めたのも、この山姥の曲舞のおかげではないですか。（略）その恨みを申すため、山の鳥も獣も同情の鳴き声をあげるという夕暮れどきに、上路の山の山姥の霊魂がやって来たのです。

遊女の百万山姥をはじめ、彼女の従者としてやってきた都の優男のあわてぶりが思い浮かびます。なにしろ「山姥の曲舞」でスターになった遊女とその取り巻きの前に、なんと、ほんものの山姥が――、すなわち人も恐れる深山の鬼女が、いま、目のまえにいるのですから。

妖精のような山姥のふるまい

ところが、やむをえず舞いはじめた遊女を制し、女はさらに夜がふけ、月光も皓皓とかがやくころにまた来ようと、いったん消え去ります。その言葉のとおり、やがてあらわれた女は、髪は白雪のかかった茨のように乱れ、目は星のように光り、顔は朱に塗られたような色をした、まさに伝説の山姥に化していました。

しかしそれは外面のこと。山姥はみずから舞い、うたうのですが、そのうたがすばらしい。山姥と人間界とのふしぎな交わりがうたわれる一節など、さながら妖精物語を読むかのようです。

地謡 (略) そもそも山姥は　生所《しやうじよ》も知らず宿もなし　ただ雲水《くもみづ》を便《たより》にて　いたらぬ山の奥もなし

山姥　然れば人間にあらずとて

地謡　隔つる雲の身をかへ　仮に自性《じしやう》を変化《へんげ》して　一念化生《けしやう》の鬼女《きぢよ》となつて　目前に来れども　邪正一如《じやしやういちによ》と見る時は　色即是空其ままに　仏法あれば世法あり　煩悩あれば菩提あり　仏あれば衆生あり　衆生あれば　山姥もあり　柳は緑　花は紅の色々　さて人間に遊ぶ事、ある時は山賤《やまがつ》の　樵路《せうろ》に通ふ花の陰　やすむ重荷に肩を貸し　月もろともに山を出で　里まで送るをりもあり　またあるときは織姫《おりひめ》の　五百機《いほはた》立つる窓に入つて　枝の鶯《うぐひす》糸《いと》くり　紡績《ばうせき》の宿に身を置き　人を助くるわざをのみ　賤《しづ》の目に見えぬ　鬼とや人のいふらん

地謡　（略）そもそも山姥は、どこで生まれたのか分からず、ここと決まった宿もない。ただ雲や水のような気ままな旅をたよりにし、行ったことのない山奥もない。／山姥　だから人間ではなく、／地謡　人間に会うため、雲のごとく身を変えて、仮にその本然のすがたを変化させ、一念を凝らせた化生の鬼女になって、いま目前にあらわれた。しかし一方、善悪正邪、それらが一つと見るときは、この世はなべて色即是空、空即是色。また一方、仏法があれば世間法があり、煩悩があれば菩提もある。仏があれば衆生があり、衆生すなわち人間があれば山姥のような鬼もある。柳は緑、花は紅。柳も花も、そのほか森羅万象すべてのもの

も、それぞれのすがたでそのままに仏の体をなしている。さて人間界にまじわること、あるときは、樵夫が山路の花の木陰でやすんでいれば、その重荷に肩を貸し、月とともに山を下りて里まで送ることもある。またあるときは、織女がたくさんの機織に忙しくしているところへ窓から入り、風になびく柳の枝を鶯が繰るように、糸をつむぐ家にこの身をおくこともある。そのように、人を助けているわざが、賤の者の目には映らず、世間からは鬼といわれるのだ。

凄惨でもなければ怪奇でもない。なんと心やさしい山姥でしょう。そのすがたをいわば風にかえ、人の目にはみえぬまま、樵夫の重荷をかついであげる。織女が糸をつむぐのを手伝ってあげる。ちょっといたずらっぽく、ユーモラスでさえあります。そんな山姥が、江戸期に入って消えてしまった。中世文芸にひらいて閉じた独特無比の花の一つといえるかも知れません。

夕顔《ゆふがお》

現世をあの世にかえる言葉の精緻

作者不明
シテ　夕顔（前は里女）／ワキ　旅僧

幽明の境を言葉に写す

「死」を中心のテーマにすえた謡曲のうち、これは最高度の達成をしめした曲の一つでしょう。人の生というもののはかなさが、たんに情緒にひたされるのでなく、えらびぬいた言葉と、物語の運びとで、目にみえるように描きあげられる。稀有というべき作品ではないでしょうか。読むうちに、かえって心のやすらぎをおぼえ、ほとんど陶然たる思いがひろがります。

都にのぼった旅の僧が、ふと五条あたりのあばらやに行きあたりました。じつは源氏物語に出てくる夕顔の宿なのですが、そこに住まう女と光源氏の物語などについて語らううち、対話はつぎのように運びました。前半の最後の部分です。
どんなものの名前が出てくるか、気にとめながら読んでみてください。

地謡　(略)はかなかりける蜉蝣《ひをむし》の　命懸けたる程もなく　秋の日やすく暮れはてて　宵の間過ぐる故郷《ふるさと》の　松のひびきも恐ろしく
里女　風にまたたく燈火《ともしび》の
地謡　消ゆると思ふ心地して　あたりを見ればむば玉の　闇の現《うつつ》の人もなく　如何にせんとか思河《おもひがは》　うたかた人は息消えて　帰らぬ水の泡とのみ　散りはてし夕顔の　花は再び咲かめやと　夢に来りて申すとて　有りつる女も　かき消すやうに失せにけり　かき消すやうに失せにけり

地謡　(略)かげろうのようにはかなく、命をかけて契りをしたという程もなく、秋の日はすぐに暮れはて、宵の間もすぎて、松風のひびきもぞっとさせる。／里女　風にまたたく灯火の、／地謡　消えるかと思う心地がして、あたりを見れば一面の暗闇に、現世の人もなく、どうしようかと思ううち、うたかたのようにはかない人(夕顔)は息も消えて、帰らぬ水泡となってしまいます。そして一度散ってしまった夕顔の花がふたたび咲くことがあろうかと、夢のなかに来て申すのです――といって、その里女もかき消すように失せてしまった。

美しい詞章ですが、ただ美しく書かれているというだけではない。みじかい詞章のうちに出てくるものの名前はすべて、〈命のみじかいもの〉ばかりです。

まず「蜉蝣《ひをむし》」とあります。これは朝に生れ、夕べには死ぬとされる虫で、カゲロウの類をさすとのこと。はかなさのたとえにもつかわれるようです。

それから、すぐに日のみじかくなる「秋の日」。さらに「風にまたたく燈火」。「うたかた」や「水の泡」。そして人物の名であり、曲名でもある「夕顔」。この花のはかなさはいうまでもないでしょう。

また、ここで女と僧との対話によって浮かびあがる情景はどんなものでしょう。かぎりなく寂しく、みじかく果てるものだけが配された情景。それはまさに幽明の境ではないでしょうか。こちらにとどまれば顕界、一歩すすめば幽界。そのあわいの領域を言葉に移したのが、右の詞章です。おそろしいようだけれども、なぜか、ふしぎに安堵するような、そんな雰囲気をまつわらせた領域が書かれているのです。

現世から幽界への移行

右の最後に「有りつる女も　かき消すやうに失せにけり」とあります。それは、また後半に出てくるために、いったん姿を消すばかりではありません。夕顔の死に重ねあわせているのです。したがって、「かき消すやうに失せにけり」というのは、じっさいに、この女も一度死んだという意味もふくんでいるのです。

つまり、この謡曲に出てくる女は、夕顔の生と死とを反復しているのです。後半はもちろん、夕顔の霊となってあらわれますが、ここでまず、ワキの旅僧の詞章をみておきましょう。

旅僧　不思議やさては宵の間の　山の端《は》出でし月影の　ほの見えそめし夕顔の　末葉《すゑは》の露の消えやすき　本《もと》の雫《しづく》の世語《よがたり》を　かけて現したまへるか

旅僧　不思議なことだ。さてはこの宵の間に、山の端に出た月明かりでほのみえはじめた夕顔の、花の無常について語られた、また夕顔の末葉に宿る露のはかなさを語られた、そのお方が、みずから人の生の無常をあらためてここに現してみせようというのですか。

まさに女が夕顔を反復していることを、旅僧も語りはじめています。その旅僧の言葉に、つぎの詞章がつづきます。ここでは、とくにはじめのあたり、否定的な言辞が多いことに意をはらってください。

夕顔　見給へここもおのづから　気疎《けうと》き秋の野らとなりて
旅僧　池は水草《みくさ》に埋《うづ》もれて　古《ふ》りたる松の陰暗く
夕顔　又鳴き騒ぐ鳥のから声、身にしみ渡るをりからを
旅僧　さも物凄く思ひ給ひし

（略）

地謡　御僧《おんそう》の今の弔ひを受けて　かずかずうれしやと
夕顔　夕顔の笑《ゑみ》の眉《まゆ》
地謡　開くる法華の
夕顔　花房も

夕顔　ご覧なさい、ここもおのずから、人の気配のない秋の野原となって、／旅僧　池はといえば水草に埋もれてしまい、老松の木陰も暗く、／夕顔　またなきさわぐ鳥たちのうつろな声も、身にしみるおりから、／旅僧　いかにも、ものさみしく思われたことでしょう。／（略）／地謡　お僧のいまの弔いを受けて、うれしく思うことは数々あります。／夕顔　夕顔の笑みの眉が、／地謡　開けて法華経の、／夕顔　功徳の花房も――

「秋の野ら」は気疎い（人気《ひとけ》がない）。「池」は水草に埋もれている。「鳥」は、うつろな声で鳴いている。前半にくらべ、そのはかなさがさらに具体性を帯びています。

ここではほとんど現世から幽界へ移行しつつあるのです。夕顔が仏道がひらけてほほえんでいるのも、そのためでしょう。「夕顔の笑の眉　開くる法華の　花房も」という詞章も、みじかく緊密に書かれながら、なんと薫りたかいものでしょう。

前半にもまして、後半がいっそう薫りたかく、しずまりかえっているのは、旅僧と女との二人がいる場所そのものが、幽界にかわりつつあるからではないでしょうか。私はそう読みました。

夜討曽我《ようちそが》

静けさから急転直下、息をのむ劇の仕組み

宮増作か
シテ　曽我五郎時致／ツレ　曽我十郎祐成／ツレ　従者團三郎／ツレ　従者鬼王／ツレ　古屋五郎／ツレ　御所の五郎丸／ツレ　郎等（二人）

思い切った劇的構想力

一曲の仕組みには息をのみました。仇討ち物語のクライマックスといえば、もちろん、仇討ちそのものに決まっています。ところがこの「夜討曽我」は、曽我兄弟がいよいよ父の敵《かたき》を討ちに出るところを書きながら、その肝心かなめの仇討ちシーンがばっさり捨てられ、前後の情景だけで構成されているのです。

しかもそれが成功し、仇討ちの凄惨さ、敵と味方それぞれの人間模様などがかえって鮮明に印象づけられる。宮増といわれる作者は、なんと思い切った劇的構想力をもっていたのでしょうか。

富士の裾野で、頼朝が狩りをおこなう日。曽我兄弟の父の敵・工藤祐経も狩りに加わるはずで、兄弟はまさにこの日を狙っていたのでした。

はじめに四人、兄の十郎祐成《すけなり》、弟の五郎時致《ときむね》、従者の團三郎、鬼王が出てきます。團三郎と鬼王も兄弟でした。難題がひとつあります。團三郎兄弟を何としてでも帰さねばなりません。むざむざ死なせるわけには行かぬし、自分たちの形見を母上に届けさせるという仕事もある。

もちろん團三郎たちは強硬に拒否しました。永の年月、ご奉公してきた身、われら二人とも真っ先に討ち死にして果てたい、と。ついにはこの場で二人、互いに刺し違えて死のうとまでします。そこをなだめになだめ、なんとか形見を届けることを承知させると、四人とも不覚の涙がせきあえず――。

十郎と五郎が形見の文を書き、團三郎たちに渡すところをつぎに引きます。

地謡 （略）さる程に兄弟　文《ふみ》こまごまと書きをさめ　是は祐成《すけなり》が　いまはの時に書く文の
文字消えて薄くとも　形見に御覧候へ　皆人《みなひと》の形見には　手跡《しゆせき》に勝る物あらじ　水茎《みづぐき》
の跡をば　心にかけて弔《と》ひ給へ （略） 其時時致《ときむね》も　肌の守《まもり》を取り出だし　是は時致
が　形見に御覧候へ　形見は人のなき跡の　思ひの種と申せども　せめて慰むならひ
なれば　時致は母上に　添ひ申したると思召《おぼし》せ （略）

十郎　既に此日も入相《いりあひ》の

地謡　鐘もはや声々に　諸行無常と告げ渡る　さらばよ急げ急げ使《つかひ》　涙を文に巻き籠めて　そのままやる　文の干《ひ》ぬ間にと　詠ぜし人の心まで　今更思ひ白雲の　かかるや富士の裾野より　曽我に帰れば　兄弟すごすごとあとを見送りて　泣きて留まるあはれさよ　泣きて留まるあはれさよ

地謡（略）かくして兄弟は文をこまごまと書きおえて、（かの地の母上に祐成は申し上げる）、これは祐成が、いまわのときに書いたもの。文字は消えかかって薄くとも、形見にご覧ください。人の形見には、手跡に勝るものはありません。どうぞこの文をお心にかけ、あとを弔ってください、と。（略）そのとき時致も、肌につけた守りを取りだして、（遠い母上に申し上げる）、これは時致の形見とご覧ください。形見は人亡きあと、かえって悲しみの種になるとは申しますが、せめてもの慰みになるものでもあります。時致は母上のお側に添い申していると思し召しください、と。（略）／十郎　すでに今宵も入相の、／地謡　鐘も早、諸行無常と告げるかのように鳴り渡る。さらば。急げ。形見の使いよ。書いたばかりの墨に、涙のまじった文が乾かぬうちに、とかつて詠んだ人の心まで、いまさら思い知られる。二人が白雲のかかる富士の裾野から曽我へと帰れば、兄弟は二人を思って元気なく、あとを見送りながら泣いて留まる、そのあわれさ。

ここまでが前半です。そこには悲しいとはいえ、長年、辛苦をともにした四人だけの親密でしずかな時間がながれていました。しかしそれは作者の工夫でもあったのです。後半、このしずけさが、それこそ急転直下、劇的に転換します。

いきなり、阿鼻叫喚の渦中です。敵の工藤祐経はすでに討たれています

発条のはじけるような劇の運び

前半のしずけさは、作者からすれば、じつは、じんわりと発条《ばね》を抑えつづけるようなものでした。十郎祐成と五郎時致とが、團三郎兄弟をなんとか説得して形見を渡すのも、そして十郎と五郎とがはるかな母に語りかけるのも、十郎兄弟と團三郎兄弟とが涙にぬれる別れをかわすのも、要するに、そうしたセンチメンタルな時間のすべてが、堅くつよい発条の両端に、じいっと力を加えつづけるようなものでした。作者による演劇上の巧妙な仕掛けです。何のためか。烈しく弾けさせるためです。

地謡　寄せかけて　打つ白波の音高く　鬨《とき》を作つて騒ぎけり

五郎　あら夥《おびたた》しの軍兵《ぐんぴやう》やな　我等兄弟討たんとて　多くの勢《せい》は騒ぎあひて　ここを先途と見えたるぞや　十郎殿十郎殿　何とて御返事はなきぞ十郎殿　宵に新田《にった》の四郎と戦ひ給ひしが　さては早討たれ給ひたるよな　口惜しや死なば骸《かばね》を一所とこそ思ひしに　物思ふ春の花ざかり　散りぢりになつてここかしこに　骸をさらさん無念やな

地謡　岸に寄せて打ち返す、白波のように音高く、一党は鬨の声をあげて騒ぎたてる。／五郎　おお、おびただしい軍兵どもぞ。われら兄弟を討たんとて、多くの者は騒ぎあい、ここが成敗の分け目と必死の形相。十郎殿、十郎殿、どうして御返事がない、十郎殿。宵に新田四郎と戦っておられたが、さればもはや討たれたもうたのか。口惜しい。死ぬときはおなじところと思っていたが、春の盛りの桜の花が、散りぢりに散るように、ここかしこに死骸をさらすとは無念至極。

十郎殿、十郎殿。何とて御返事はなきぞ、十郎殿。みごとなフレーズだと思う。弟の五郎が発するこの叫びによって、十郎と五郎とが離ればなれになってしまっているのはもちろん、五郎のまわりの大混乱が分かる。あたりは血の海です。五郎をめがけて何人も斬りかかってくる。それを斬りかえしながらの叫びです。

最後には一党の計略にかかって五郎も捕らえられ、劇は唐突に終わります。

作者は宮増と推定されているそうですが、しかしこの宮増というのが「謎の作者」であるらしい。生没年や経歴はもとより、いつごろ活躍したのかも定かでない。一人なのか複数なのかも分からない。しかし、もしもこの「夜討曽我」の作者が宮増であるならば、劇能の作者として、異能の人であるということだけは分かります。

あとがき

一日に一曲は謡曲を読んでいます。ふつうの謡曲集で一曲は五、六ページから十ページほどですから、読むのにそれほどの時間は要しません。もちろん閑ができれば、ゆったりかまえて堪能します。ともあれ、それが一日のうちで、私にとってきらきら光る愉しみの時間です。

もはや、すっかり読まれなくなっているのが謡曲です。読書の対象として、ほとんどジャンルごと消えかけているのではないでしょうか。謡曲集をもっている人はおよそ能の愛好者で、能をみるときの補助として目をとおす、というのが、おそらくは謡曲が読まれるというケースの大半でしょう。あとは研究者が専門的に読むばかりではないかと思います。いずれにせよ「読書」ではない。

惜しいことです。すぐれた謡曲には、かならず人間の本質に迫るものがふくまれている。胸の芯を打ってくる真情があるかと思えば、青空へと抜けるようなユーモアもあります。昂揚があり、鎮静がある。おどろきがあり、なぐさめがある。謡曲集はさながら人間の心性の宝庫みたいなものです。そのことを書きたくて、私はこの本をつくりました。

Iの「謡曲を読むということ」は、「文學界」二〇〇四年十二月号に載せたエッセイ「謡曲を読む愉しみ」に手を入れて改題、転載したものです。

IIを書くにあたっては、落合眞美氏・大塚律子氏のおふたりからさまざまなアドバイスをいただきました。記して謝意を表します。また妻の睦美とは、ここに取りあげた二十五曲の一曲ずつについて話し合ううち、あれこれと書くことの着想を得ることができました。身内ですが、やはりそのことを記しておきます。

編集全般にわたって、檜書店の檜常正氏、中井弘氏にはこまやかな配慮をいただきました。おふたりのご尽力がなかったら、とてもこの本が日の目をみることはなかったでしょう。深謝します。

二〇〇六年初夏　山村　修

山村 修（やまむら・おさむ）

1950年東京生まれ。慶應義塾大学文学部フランス文学科卒。随筆家。著書に『禁煙の愉しみ』（新潮OH!文庫）、『気晴らしの発見』（新潮文庫）、『遅読のすすめ』（新潮社）、『〈狐〉が選んだ入門書』（ちくま新書）、『書評家〈狐〉の読書遺産』（文春新書）、また〈狐〉の筆名での著書に『狐の書評』（本の雑誌社）、『野蛮な図書目録』（洋泉社）、『狐の読書快然』（同）、『水曜日は狐の書評』（ちくま文庫）がある。2006年逝去。

新装版 謡曲を読む愉しみ　花のほかには松ばかり

二〇〇六年八月一〇日　第一刷発行
二〇〇八年七月二二日　新装第一刷

著者　山村 修
本文組　岡本洋平
装丁　阿部 寿
発行者　檜 常正
発行所　檜 書店
〒101-0052　東京都千代田区神田小川町二―一
電話〇三―三二九一―二四八八
http://www.hinoki-shoten.co.jp
〒604-0935　京都市中京区二条通麩屋町東入
電話〇七五―二三一―一九九〇

印刷・製本　照栄印刷株式会社

ISBN4-8279-0959-8 C0093 Printed in Japan